21SHIJI
GAODENG
YUANXIAO
MEISHU
ZHUANYE
XINDAGANG
JIAOCAI

21 世纪高等院校美术专业新大纲教材

动画 视听语言

编 著 冯 文

DONGHUA

SHITING

YUYAN

安徽美术出版社

21世纪高等院校美术专业新大纲教材编委会

图书在版编目（ＣＩＰ）数据

动画视听语言 / 冯文编著. —合肥：安徽美术出版社，2007.8
21世纪高等院校美术专业新大纲教材
ISBN 978-7-5398-1794-1

Ⅰ.动… Ⅱ.冯… Ⅲ.动画片－电影语言－高等学校－教材 Ⅳ.J954

中国版本图书馆CIP数据核字（2007）第111233号

21世纪高等院校美术专业新大纲教材

动画视听语言

编著：冯文

安徽美术出版社出版

（合肥市政务文化新区翡翠路1118号
出版传媒广场14F　邮编：230071）

安徽美术出版社网址：http://www.ahmscbs.com
全国新华书店经销
安徽联众印刷有限公司印刷
开本：889×1194 1/16 印张：5
2007年10月第1版
2011年8月第2次印刷
ISBN 978-7-5398-1794-1　定价：37.00元
发现印装质量问题影响阅读，请与承印厂联系调换。

　　敬告 ：鉴于本书选用作品的部分作者地址不详，应付稿酬敬请见书后与该部门联系：合肥市跃进路1号 安徽省版权局 中国著作权使用报酬收转中心 安徽办事处。

序

发展高等院校的人文学科教育，加快高等艺术教育的发展，这是推进素质教育、调整和改进高等教育的专业结构、促进高教事业发展的需要，也是促进高校学生的全面发展的需要。随着党中央国务院关于推进素质教育决定的实施，各地高等院校重视人文学科教育、重视艺术教育的风气正在形成。目前，全省已有30余所高校开设了美术、艺术设计等专业，还有若干民办高校已经或正在筹备开办这些专业，没有开办这些专业的高校，也大都建立了艺术教育中心或艺术教育教研室，对其他专业的在校学生进行人文和艺术教育。全省高等院校的艺术教育呈现出蓬勃发展的局面，形势非常喜人。

高等院校的艺术教育是推进素质教育的重要形式，也是提高当代大学生人文素养的重要手段。我们的高校毕业生不仅要有自己的专业知识和技能，要有良好的道德品质，而且要有一定的艺术和审美的素养，要有能够欣赏音乐的耳朵和感受形式美的眼睛，要有一定的艺术表现和创造能力，这才能真正成为全面发展的人，才能适应当今社会发展的需要，从而为社会多作贡献。

在高等院校进行艺术教育，不仅要抓好普通专业的大学生艺术教育，而且要办好艺术教育的专业。要通过加强学科建设，使我们已经或正在筹备开办的美术、艺术设计或其他专业的教育水平和教学质量得到提高，从而使质量水平的提高与总体上量的扩张同步发展。这就需要加强艺术教育的科研力量，促进学术交流，重视师资培训，抓好教材建设。其中，编写出版和推广使用高校通用的艺术教育专业教材，是提高艺术教育的水平和质量，加强学科建设的重要环节。

编写高等院校通用的艺术教育专业教材，是艺术教育的基础性工作，因而是一件大事。古人把著书立说视作"经国之大业，不朽之盛事"，这是很有道理的。为了做好这项工作，一要认真研究和把握教育部近年来颁发的有关学科的教学大纲和课程标准，在充分体现规范和标准要求的前提下，编出高校使用的教材，实现"一纲多本"；二是要切实面向教学实际，准确把握高校艺术教育专业相关学科的实际状况，使编出的教材既能真正符合高校教学工作的实际需要，又能体现新的艺术教育科研成果和专业特色。只有在质量有保证，内容有特色，老师易教，学生易学的前提下，教材才能真正在高校推广开来。

由安徽美术出版社组织编写的这套教材，集中了全省以及外省、市有关高校一批专家学者、资深教师和艺术家的集体智慧，吸取了艺术教育科研工作的最新成果，也基本符合教育部颁发的教学大纲的基本精神和我国高校艺术教育的实际，适合各校艺术教育专业教学使用。这些专家呕心沥血，数易其稿，终成鸿篇，可喜可贺。我向同志们表示衷心的感谢。感谢他们为高等院校的艺术教育提供了优秀的通用教材，为高等艺术教育的学科建设奠定了坚实的基础，为进一步调整和改进高等艺术教育的专业结构提供了重要的条件。

当然，教材的建设和学科的发展一样，都不是一蹴而就的，而是需要一个过程，需要坚持数年的努力奋斗。目前推出的这套艺术教育类教材，包括美术教育和艺术设计两大类，与各地院校的专业设置是相配套的，在各高等院校推广使用过程中，肯定还需要不断吸收科研和教学的新成果，需要不断的修改和完善，使这套教材也能与时俱进，逐步成熟。我们设想，经过若干年的努力，一套更加完善成熟的艺术教育类高校教材必将形成，高等艺术教育学科建设也将得到进一步发展。

这套高等院校艺术教育教材已经编写完成，付梓在即，组织者、编写者和出版者要我说几句话，我乐见其成，写了自己的一些看法，和同志们交流。是为序。

徐根应

2006 年 12 月

目录

概　述

动画同时具备绘画与电影这两门艺术的特性。美术基础、软件使用等属于动画创作中的"内在构成"，也就是画面设计。而动画作为一项视听传播工具，还需要"外在架构"来组织画面中的元素，并将多个画面组接在一起，达成叙事的目的，这就是所谓的"视听语言"。画面设计与视听语言是密不可分、互相影响的，结合这两者才能形成一部完整的动画片。

"视听语言"之所以被称为"语言"，在于其拥有独特的规范系统。视听语言的规范来源于模拟人的视听感知经验。作为艺术形式，视听语言贵在其独特性；作为传媒符号系统，视听语言必须规范化。动画创作者学习视听语言，是为了能用最有效、最强烈的方式，使观众在正确的时间内接收到正确的信息。

视听语言的发展历程可以说就是电影的发展历程，它与摄影技术的进步、审美观的变化息息相关。也就是说，视听语言是不断变化与演进的，它并非一成不变地遵循着死板的规则。动画的视听语言来源于电影，而更胜于电影，由于没有拍摄技术、拍摄环境、演职人员等方面的限制，动画视听语言的内容可以比电影视听语言更加丰富和理想化。

此外，根据影片传播途径的不同，动画视听语言也会有不同的特点，影院动画片、电视动画片、动画短片等都拥有其独特的叙事方式。

第一节
什么是动画视听语言

一、动画视听语言的定义

动画视听语言，顾名思义是指由"视觉"与"听觉"两方面综合而成的一套"语言系统"，是对动画片中画面、声音艺术表现形式的总称。

"视听语言"的英文是 Film Grammar，直接翻译就是"电影的文法"。如同文学一样，视听语言拥有自己的单词、造句措辞、语型变化、省略、规律和文法，运用它可以讲述一个完整的故事。除此以外，视听语言还具有表现象征、暗示的作用。视听语言的规范来源于模拟人的视听感知经验，经过前人的摸索与实验，当今的视听语言已经形成一套成熟的艺术表现手段，其主要组成内容包括：镜头、镜头的拍摄、镜头的组接、声画关系。

视听语言同时也是大众传媒中的一种符号编码系统，是在影片与观众的相互作用下逐渐形成的。它既处于不断创新与日益多样化的发展变化之中，又具有为人们共同接受和理解的约定性。作为一个观众，正确地理解影片所传达的信息，需要通过一定的观影经验。相比之下，创作者对于视听语言的学习更为重要，因为需要传播信息，需要保证信息传达的畅通、准确。

动画的视听语言源于电影，而比电影更具有技术上的进步与思维上的自由。电影是对现实生活的再现，电影导演以省略与强调的手法将现实的场景附加上自己叙事的意图。而动画的视听语言则更加符合人类"意识流动"的思维特性，可以随心所欲地通过自由的摄影机运动、景别、角度来表现角色的内心情感、情绪变化，还可以任意转换视点与时空。时至今日，在实拍电影当中许多摄影机无法完成的画面效果，也都以电脑动画技术来制作。动画的技术进步正在不断地为创作者的想象力提供着更大的发挥空间。

视听语言可以说是我们影视"行当的学问"。同一个故事，不同的人来讲会有不同的效果，这在很大程度上是因为视听语言表现方法的不同。视听语言是形成影片风格的主要因素，而一部好的影片会让观众感到"所有镜头都恰到好处"。作为动画专业的学习者，我们除了需要学习电影视听语言的基本知识，还需结合动画艺术的特殊表现力，在符合观众所理解的视听语言的基础上，发挥动画夸张与幻想的特点。

二、动画视听语言的发展历程

视听语言会随着技术的进步和审美喜好的转变而改变。

1. 视觉游戏

动画的发明时间早于电影。但在动画发明之初，它仅被当作为一种杂耍或视觉游戏，以"手翻书"(flip book)（图1）、"魔术画片"(thaumatrope)（图2）、"幻透镜"(phenakistiscope)（图3）、"西洋镜"(zoetrope)（图4）等形式在小型聚会中流传。法国电影史将1877年8月30日定为动画的生日，那是法国光学家兼画家艾米尔·雷诺发明的"光学实用镜"获得专利的日子。那时的动画以投影的形式播放，配合现场演奏的音乐与烟雾效果，是欧洲社交圈里流行的活动。在动画被发明之初，它仅仅被当作一种视觉幻象表演，还没有人尝试利用动

画来表现故事，更别说是表达情感和思想。

1906年，法国人艾米尔·柯尔运用摄影上的定格技术，用负片拍摄动画影片《幻影集》。这部影片不强调剧情，而着重发掘动画表现的可能性，如图像之间的转换与变形。柯尔的这种创作理念，将动画带向更个人化与图像自由发展的方向，开启了欧洲动画艺术实验。而此时美国的动画片《滑稽脸的幽默相》（图5）则以娱乐为目的，讲述了一个简单的情节。这两部影片成为动画两大流派——叙事（主流商业动画片）、非叙事（艺术动画片）的源头。从这两种对于动画艺术截然不同的理解出发，一代又一代的动画创作者衍生出了多样的创作美学观念与视听语言的发展道路。

2. 第一部说故事的动画片

1914年美国动画家温瑟·麦凯制作的《恐龙葛蒂》（图6）被视为动画史上的重要里程碑，因为此片包含了完整的故事情节、角色个性，并采用对切的镜头将真人与动画角色巧妙地联系起来，十分富有娱乐性。这是第一部注重动作的"拟真"

图4 西洋镜

动画在发明之初，被视为一种"视觉游戏"。人们着迷于视觉暂留所造成的神秘幻象，但还没有人想到利用动画这种艺术形式来说故事。

图5 滑稽脸的幽默相

早期的动画创作者专注于研究角色的动作设计，大部分影片仅以一个镜头就完成了叙事。

图6 恐龙葛蒂

此片包含了完整的故事情节、角色个性，并采用对切的镜头将真人与动画角色巧妙地联系起来，十分富有娱乐性，是第一部注重动作的"拟真"与"夸张"的动画片。

图1 手翻书

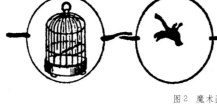

图2 魔术画片

图3 幻透镜

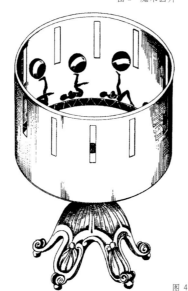

图4

图5

图6

图 7

与"夸张"的动画片，可以说自此开创了美式动画的时代。到了1915年，麦克斯·佛莱雪发明了"转描机"（Rotoscope），这种设备的作用是将真人的动作准确地记录在赛璐珞胶片上。他在1916年到1929年创作的《墨水瓶人》（图7）和《小丑可可》，就是利用转描机创造出了活灵活现的角色动作，并且通过细致的镜头转换，将实景拍摄的景物与画纸上的动画幻象结合在一起。

美国早期动画片有采用真人实拍与动画结合技术的趋势，借由"逐格描绘"真人的动作来增加动画角色的真实感。此时动画片的发展着重于表现角色的动作，为美式动画的动作设计风格奠定了基础。但从视听语言发展的角度来说，此时的动画片并没有突破电影的成就，主要还是通过"单个"镜头完成叙事。

动画视听语言的发展历程，和电影摄影技术的进步息息相关。当电影创作者开始移动摄影机、调整镜头焦距，发现镜头与镜头组接能产生戏剧化的效果之后，视听语言的内容得到了飞跃性的拓展。

3.电影视听语言的影响

电影最初是一种对现实的简单再现，卢米埃尔的《火车进站》或《工厂的大门》只是记录了现实生活的片段。1903的电影短片《火车大劫案》第一次采用了平行叙事的手法，并且使用了第一个特写（歹徒的枪口），这个特写镜头带给当时的观众极大的视觉震撼，许多人甚至惊慌地跑出了戏院。当电影创作者开始意识到把各种不同的镜头有意识地组接在一起，镜头所表达的意义远远大于单个镜头本身时，真正意义上的视听语言就此诞生了。通过视听语言能够描述事件、传达感情与思想，让观众能够理解剧情并将感情投射其中，正如同人类其他的交流系统一样，视听语言所传达的信息具有"一加一不只等于二"的多层意义。

此外，电影史上"蒙太奇学派"的出现，为视听语言的发展带来巨大的影响。《一个国家的诞生》（1915年）尝试以不同角度、不同景别来拍摄同一场景；《战舰波将金》（1925年）中的"敖德萨阶梯"是著名的蒙太奇经典片段，通过镜头的并置与序列，延伸了银幕时间与空间，表现了多组角色的行动与情感，并通过多线交错与镜头节奏的推进，在最后完成戏剧性的高潮。蒙太奇的剪辑技巧与观念在经过前人大量的研究与探索之后，已经成为电影视听语言的精髓，一种"电影的思维方式"。

4.听觉与色彩因素的加入

1927年发明了有声电影之后，声音逐渐成为与镜头画面同等重要的艺术表现手段。迪士尼公司于1929年推出的第一部有声动画片《蒸汽船威

图 7　墨水瓶人

此片利用转描机创造出活灵活现的角色动作，并且通过细致的镜头转换，将实景拍摄的空间与画纸上的动画幻象结合在一起。

图 8

利号》（图8），充分表现了声音与角色动作设计、情节创意之间的紧密关联。视听语言的基本元素——"活动影像"和"同步声音"已经完备，一部影片的视听语言设计开始涉及镜头内容、镜头形式、声画关系处理等多个方面。

1935年，彩色电影的时代来临，电影具备了再现真实生活的基础，而对于动画来说，更是多了一个极其重要的视觉表达元素——色彩。1937年，迪士尼公司推出第一部彩色动画长片《白雪公主》（图9）。自此，动画和电影在视听语言方面的发展与探索可谓齐头并进。

20世纪50年代初期，电视的发明改变了人们的观赏习惯，从而在很大程度上也改变了人们的生活习惯。为了减少动画片的制作成本与时间，制作者们采取了"有限动画"的制作方式。许多风格荒诞、造型夸张、节奏明快的著名动画片在此背景下诞生，例如《猫和老鼠》（图10）、《达菲鸭》、《兔八哥》等系列作品。然而，在电视的媒介特性与制作成本的限制之下，电视动画系列片着重于表现角色的动作，在视听语言上则倾向于尽可能的单纯、简约。

5. 电脑动画时代的来临

动画的发展与科技的进步息息相关。1982年，迪士尼公司推出的《电子世界争霸战》（Tron），是第一部在多个场景中使用了电脑三维技术的真人电影，该片在电影技术发展史上占有重要位置。《美女与野兽》（1991年）中，使用电脑三维技术制作了其中一段在宫殿中跳舞的场景。电脑技术的加入使得许多真实摄影机达不到的角度、运动效果成为可能，大力地推进了动画视听语言的可能性。《玩具总动员》（1995年）（图11）是第一部全电脑三维技术制作的动画影院长片，在全球创造了3亿6千万美元的票房记录，自此动画的发展进入了另一个新的纪元。

时至今日，电脑技术所应用的范围之广，使得在视觉效果方面，许多电影与动画片的界限越来越模糊，例如《指环王》、《哈利波特》等电影，使用了大量的电脑动画技术来创造奇幻、绚丽的虚拟世界，大部分实拍电影中都或多或少地利用电脑动画技术来辅助表现某些效果。电脑技术的进步加上创作者的想象力，使得今日动画视听语言的发展进程可以说是"只有想象不到的，没有做不到的"。但技术永远是作为人类表达情感的辅助工具。视听语言的规律源自于人类自身感知世界

图 9

图 10

的方法，只有在叙事与情感表达清晰的前提之下，运用电脑技术来添加的视觉效果才能使观众感到满意。

6.动画"电影化"，电影"动画化"

日本是和美国一样拥有强势动画工业的国家，在今敏（图12）、宫崎骏（图13）、大友克洋、押井守等导演的带领之下，日本动画开辟了一条与众不同的道路。他们不主张表现角色动作的夸张、弹性，而是深入角色内心世界，探求更深的情感，追求细腻、写实的绘制效果。在视听语言的运用上，借鉴写实风格的电影，成为世界动画的一道独特的风景。

动画从电影的视听语言发展中得到景别变化、镜头组接、摄影机位置等因素对叙事效果影响的经验，而电影则从动画中得到自由转换空间／时间、表现主义式的色彩／光影、象征性的声音等手法的启发。动画的视听语言就是这样不断地从电影中汲取营养，使之与自身的艺术特性相结合，从而逐渐茁壮成熟。

7.艺术动画片的多样风貌

动画艺术从发展之初就开始分化并逐渐向两个截然不同的方向发展，其中艺术动画片着重于表现创作者个性化的思想、美学观念，在表现形式

与视听语言方面，更是具有先锋的实验作用。20世纪20年代，一战后的欧洲，各种思潮风起云涌，电影与动画制作者开始尝试许多新的美学观念，这比新技术的发明更吸引他们的兴趣。许多在主流商业动画片里出现的新的视听语言应用方式，是来源于这些艺术动画片的探索成果（图14）。

动画的视听语言还会因为不同民族、文化而展现出多样的面貌。中国动画具有十分鲜明的民族特点，它融合了传统艺术的表现形式与东方美学的叙事思维，在视听语言的发展上开辟了新的领域，形成了"中国学派"。例如水墨动画片《小蝌蚪找妈妈》《牧笛》等，它们充分展示了中国画写意、抒情的美学思想，情感表达细腻、婉约，从造型到叙事都洋溢着中国特色，在国际上屡获大奖，动画片成为让世界认识中国的一个重要媒介。这两部水墨动画片，不但突破了传统思维中"水墨

图11 玩具总动员

电脑技术的加入使得许多摄影机达不到的角度、运动效果成为可能，极大地扩展了动画视听语言的可能性。

图12 红辣椒

图13 千与千寻

日本动画开辟了一条与众不同的道路，他们不主张表现角色动作的夸张、弹性，而是偏重于深入角色内心探求更深的情感，追求细腻、写实的绘制效果。在视听语言的运用上，多向写实风格的电影借鉴，成为世界动画的一道独特的风景。

图12 红辣椒

图13 千与千寻

图14

艺术不能动起来"的误区，更在内容上成功地将中国式的情调视觉化了（图15、图16）。

第二节
动画视听语言的分类与特点

一、影院动画片

在数字技术尚未普及之前，电影与动画皆以胶片拍摄，在影院播放成为首要的传播途径。因为较昂贵的制作成本与封闭式的播放环境等因素，影院动画片逐渐形成了独特的美学风格。随着录像带、VCD、DVD等发行渠道逐渐运作成熟，影院动画片的传播更扩大至各个家庭之中。虽然同样可以在电视上播放，但是影院动画片与电视动画片还是给观众截然不同的视听感受。

影院动画片分为短片和长片。短片通常在30

图14 摇椅
使用色铅笔来绘制动画，可以产生十分流畅的笔触效果。"镜头"的概念不复存在，动作之间的转换与时空之间的跳跃，更符合人类"随心所至"的意识状态。

图15 牧笛

图16 鹿铃
视听语言的规范来源于模拟人的视听感知经验，因此深受不同民族、地域的文化差异与审美习惯的影响。中国的水墨动画片来源于国画，留白、借景抒情、写意等独具民族风情的叙事方式令世界其他国家的动画家叹为观止。

分钟以内，现今，此种短片形式的影院动画多半是为了表现动画的实验性或是艺术性，属于艺术动画的范畴；影院动画长片则与电影的时间相同，为90分钟至120分钟，可以说是以动画形式制作而成的电影。

电影院是一个封闭的空间，在这个黑暗的空间中，屏幕是唯一的光源，也是观众目光唯一的焦点，屏幕上的任何细节，观众都能够看得非常清楚，因此精致的画面与细腻的角色动作表演，是观众对于影院动画片视觉上的基本要求。

电视动画片通常没有复杂的摄影机运动，重点放在表现镜头内角色的动作上，而影院动画片在镜头语言方面较类似于电影，包含丰富的镜头运动、多变化的景别、多层次的色彩与灯光、严谨的场面调度、规范的运动轴线等等。影院动画片的导演更重视运用各种视听手段来讲述故事，追求超越实拍电影的视觉冲击。影院动画片中时常运用航拍镜头或是大远景来表现壮阔的画面，这也是来源于影院大屏幕的特殊表现能力（图17、图18）。在音乐设计方面，影院动画片讲求全片有统一的风格，并且要求音乐在不干扰剧情发展的前提下，达到烘托气氛、渲染情感的目的。更有许多影院动画片直接以音乐来讲述剧情，例如迪士尼动画公司从《白雪公主》开始，就奠定了以歌舞叙事的传统。

现今，许多影院动画结合了数字技术，或是全部以数字技术输出画面，从而降低了拍摄成本，但完整的故事、紧凑的情节、精致的画面、细腻的角

图15

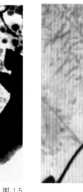

图16

图17

图18

色动作、优秀的音乐音效等，仍然是影院动画片不可缺的组成元素。

二、电视动画片

不同的传播形式具备不同的特色与优势，连带影响了动画影片的风格与制作方法。电视曾经强势地取代了广播在家庭中的地位，也改变了人们去电影院观赏影片的习惯。但是经过多年的发展，各种大众传播媒介的特性被界定得更为清晰，它们在各自的领域发挥着作用。现在的电影院因为有其不可取代的传播优势，依旧广泛存在，而电视几乎成为每个家庭必备的电器，是家庭娱乐最重要的工具，甚至影响家庭成员的生活方式。

电视的传播特性在于它的便利性，只要打开电源就可以观赏；但另外一方面，电视被放置在一个开放的空间中，观众的行动不会像在电影院中那样被限制，他们可以轻易地离开屏幕，或是受到其他事物的干扰而分心。因此，在电视上播放的动画片，必须在短时间内就吸引观众的注意，而且每次播出的时间不能太长，以"少量多餐"的原理分散在每一天播出，这是让观众容易集中精神观看并且留下印象的必要方式。

为了在电视上播放而制作的动画片，一般称为"电视动画系列片"，播出时间有5分钟、10分钟、20分钟等几种规格。电视动画系列片以量取胜，制作成本比影院动画片低廉许多，播出后要求得到即时的反馈与经济效益，这就使得电视动画片在构思与制作方面有许多与影院动画片不同的特色。

在电视动画系列片中，视听语言的设计主要是为了"突显角色动作的表现"或"辅助叙事"，因为制作成本与观赏环境的限制，电视动画的内容和剧本要比绘画技巧重要，顺畅的节奏与热闹的声光效果比起精美的画面更加吸引观众（图19）。日本与美国的电视动画片从漫画中得到许多视听语言的启发，时常利用对话框与特殊的表情符号来表达情感与营造气氛（图20）。

三、动画短片

片长30分钟以下的动画片被称为动画短片，依照其性质与资金运作方式的不同，又分为商业动画短片与艺术动画短片。

商业动画短片一般以叙事为目的，在较短的时间内要讲述一个故事，并吸引观众的注意力，因此其视听语言的运用必须精确、简练，可以说比动画长片更能考验出制作者的基本功（图21）。

而艺术动画短片的创作者则不以迎合观众的喜好为创作目的，它们多数通过较具实验性的形式来表达思想或是讲述作者本人对于人生独到的见解。艺术动画短片追求"形式"与"内容"的结合，在"形式"上，探索"动画可以怎么表现"，在

图19

图17　攻克机动队2

图18　埃及王子
　　影院动画片中时常运用航拍镜头或是大远景来表现壮阔的画面，这也是来源于影院大屏幕的特殊表现能力。

图19　新世纪福音战士
　　因为制作成本与观赏环境的限制，电视动画的内容和剧本要比绘画技巧重要，顺畅的节奏与热闹的声光效果比起精美的画面更加吸引观众。

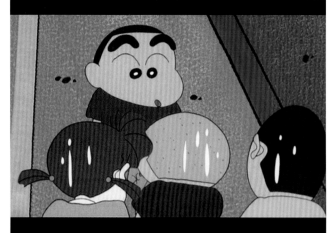

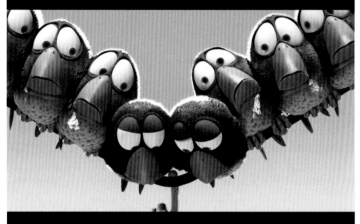

图20　　　　　　　　　　　　　　　　　　　　　　　　　　　图21

"内容"上，探索"动画可以表达什么"。艺术动画片在创作过程中不易受商业因素的干扰，因此成为拓展新的动画视听语言的先驱（图22）。

四、其他传播媒体

　　随着科技的进步，各种新兴的传播媒体带给人们更普及、更方便的多元化资讯，也让动画有了更广阔的展示舞台。新兴的传播媒体有这样的特点：方便性、及时性、互动性、综合性。

　　制作网络动画的软件Flash易于操作，使得非专业人士也能很快上手，成为最方便的动画制作工具，同时这种格式的动画易于在网络上传播，不分国界不分地域，可以及时地接收与观赏，打破了传统传播媒介的时空限制。而现在移动设备上网的技术正在快速发展，包括无线上网、手机上网、

图22

网络电视等，这使得未来人们可以随时随地地连接上网。无论是为了工作目的查询资料，为了娱乐目的而观赏影片、欣赏音乐，还是为了与别人聊天、传输文件，网络都是最快速、最方便的工具。未来，网络将成为日常生活中必备的传播媒体，而动画作为一种"内容产业"，其需求量也会因为网络的发达而大幅增加。

　　传播媒介的无线化、娱乐化、个人化、互动化等趋势，对于动画内容的影像风格与叙事方式产生了显著的影响。通过网络传播的动画制作周期较短，内容以"创意"为贵。因为传播媒介传输与放映的技术限制，大部分作品追求符合时尚潮流的主题、轻松易懂的内容、轻快或强烈的节奏、简约而显著的视觉效果。

思考与练习

　　1.试分析、总结学习本课程前后对"视听语言"的认识与理解。

　　2.请比较迪士尼早期短片与现代动画短片的差异。

　　3.请描述各种不同类型动画片的特点，包括影院动画片、电视动画片、动画短片、网络动画片等。

第一章　镜头

当我们在拍摄现场观察一位导演的时候，会发觉他常常低头静思，或是心思不知道飘到哪里去了，那是很正常的。因为导演要在脑中选择与组织一切，他必须在脑海中想象这部影片已经拍摄完成，他要想象影片剪接后的样子，还有观众观赏时的反应。

有人说，导演就是那个知道摄影机要摆在那里的人，也就是知道"镜头中会出现什么"的人。一部影片的好坏成败，就是建立在影片最小的组成单位——"镜头"上的。"镜头"指的是"摄影机开机到关机不间断拍摄的一个片段"。一部动画影片是由几百个甚至几千个镜头所组成。导演首先要抉择，摄影机和被摄物之间有多远的距离，有什么物件是在镜头中的，有什么物件是被排除在镜头之外的，等等，这就涉及一个镜头内所包含的各种元素，包括景别、摄影机角度与构图、摄影机运动、焦点透视、景深等等。

景别是指被摄物在画面中呈现的范围，一般分为远景、全景、中景、近景、特写。不同的景别大小取决于摄影机与被摄物之间的距离，以及所使用的镜头焦距长短等因素。

摄影机角度是指摄影机拍摄主体时的倾斜度，一般分为鸟瞰、水平角度、俯角度、仰角度、倾斜。

摄影机运动一般分为固定摄影与移动摄影，其中移动摄影又根据移动方式的不同而分为推、拉、摇、移、手持、升、降、旋转等。

焦距是指当镜头对焦于无穷远处时，影片面至镜头光学中心的距离；景深是指能在画面上获得相对清晰影像的景物空间深度的范围。

创作影片的过程就是一连串抉择的过程，镜头的尺寸（景别）、位置与方向（摄影机的角度／运动）的选择，都会影响镜头的效果。这些抉择的答案来源于一个问题："观众现在需要看到什么？"除此之外，视听语言之所以为一种"语言"，

有其象征／隐喻的功用，学习"镜头"的基础知识之后，还要从实例中去感受各项元素在影片中所发挥的作用：例如特写通常展示了重要的讯息；仰视可以暗示被摄物的强势地位；以摇晃行走的摄影机运动方式来代表角色视点的"主观镜头"等。

"镜头"的基础概念看似简单，却能衍生出千变万化的影像表现方式，初学者可先使用DV摄影机随时拍摄身边的事物，感受在不同景别、摄影机运动、景深等因素影响下形成的画面给我们带来的不同感受。尤其对学习动画专业的同学而言，在绘制动画时没有真实的镜头画面作为参考，必须在脑子里建立一台"虚拟摄像机"，因而我们必须熟练掌握镜头的各种基础表现方式。

第一节
景别

景别的差异取决于摄影机到主体之间的距离和所使用的镜头焦距的长短。景别一般可分为远景、全景、中景、近景、特写（图1-1）。一部讲究的叙事影片，不同镜头其景别的差异应该是导演有意识的安排，因为不同景别的画面，不仅有不同的叙事目的，还会让观众在生理和心理上产生不同的感受。

有社会学家指出，人与人之间的距离，显示了人与人之间的关系、感情和社会地位的差别。这反映在镜头设计中，即是角色与角色之间的距离，以及摄影机摆放的位置和角色之间的距离。因此，选用不同景别的目的不仅仅是完成其叙事的目的，更代表一种明确的、特定的心理暗示。

如同陌生的人们彼此之间会保持较远的距离一样，景别越大（也可以说角色和摄影机之间的距离越远），镜头中所包含的环境因素较多，传达的是一种较为冷静、客观的视点；反之，景别越小，

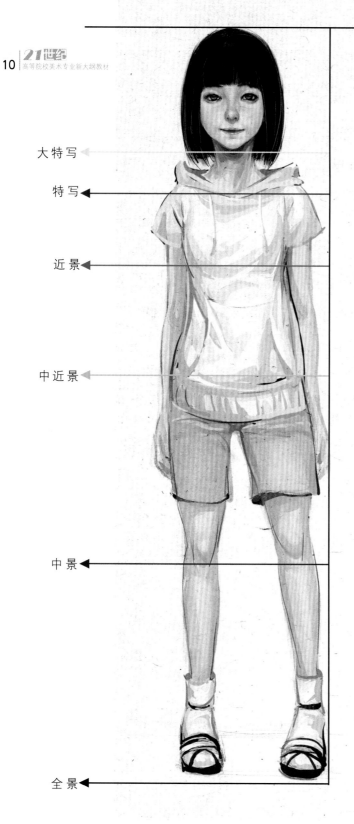

大特写 ◄

特 写 ◄

近 景 ◄

中近景 ◄

中 景 ◄

全 景 ◄

图1—1 景别

则包含更多导演的暗示，越能将观众带进角色的处境，同角色一起感受内心的情感起伏。卓别林就曾说过一句简约但富含深意的话："喜剧用全景，悲剧用特写。"

远景（图1—2）：又被称为大全景，相当于从很远的距离观看景物，无法清楚地描述细部，它以展现环境为目的，角色在其中显得很小。

远景常出现在影片的开场或是一场戏的开头部分，用来展现故事发生的环境与规模，为其他景别的镜头提供空间的参考架构，因此也被称为"建立镜头"。

在动画片中，远景还有渲染气氛、传达情感的功能，在壮阔的景色之中，人物显得微不足道，仿佛被环境吞噬了——人被"物化"，从而用远景传递出一种悲壮的、孤独的悲剧气氛；远景也能顺应剧情的需要，通过景物渲染一种抒情的、诗歌式的情调。由于远景所包含的内容较多，为了让观众能够看清画面中的景物，镜头的时间相对来说会比较长。

全景（图1—3）：是表现人的全身或一个场景全貌的镜头画面。

全景中，角色的头部接近景框的顶部，脚则接近景框的底部，因此可以让观众看清角色的形体与动作，或角色与环境之间的关系。

中景（图1—4）：中景的界定范围是所有的景别中使用最广泛的，包括了角色从膝或是腰之上所拍摄的范围。

中景可以清楚地传达角色的动作与表情，此外还可以描述部分的背景环境。这样的景别是叙事和情感表达都能得到满足，因此是影片当中使用数量最多的景别，尤其是电视动画片，更是以中景的镜头为主。

近景（图1—5）：是表现角色胸以上的镜头画面，可以让观众看清角色的面部表情与细微动作，使观众更加融入剧情、贴近角色的内心世界。

特写（图1—6）：是表现角色肩部以上的头像、身体某个局部或是某一个物件细节的镜头画面。

特写是电影中刻画人物、描写细节的独特表

图1-2

图1-3

图1-4

图1-5

图1-6

现手段，是电影艺术区别于戏剧艺术的最大特点之一。在动画片中，通过"巨大"的特写更可以创造出真实摄影技术所无法达到的"微观"效果，特写是展现影片中人物心理和戏剧内涵的最有力手段，它可以展现生活中最细微、最隐秘的事件，带给观众视觉上与心理上的强烈感染力。因为特写具备这种鲜明、特定的视觉效果，所以在影片中要谨慎使用特写镜头。

景别的大小是一种"相对"而非"绝对"的关系。景别小的镜头，其内容更加特定，更具有目的性，如果一个角色常使用特写，另一个角色常使用中景，那么观众会对特写的演员产生较强的认同感。

第二节
摄影机角度

我们可将镜头内所涉及的各种组成元素视为"视听语言"语系中的一个符号，它们承载了叙事或象征、隐喻的使命——当然也有些创作者不遵循这些规则，而使影片变得晦涩难懂或是缺乏表现力。摄影机摆放的角度也不例外，它大部分是为了模拟"角色的视角"，此外，它也能暗示创作者的某种主观态度。

水平角度的镜头在一部叙事动画片中占的比重最大，它接近一个旁观者的视线高度，客观地表现着剧情的发展，但同时也代表这种镜头角度缺乏戏剧性与形式感。

如果在一部影片当中，摄影机的角度突然发生了变化，那么这个镜头通常具有特别的意义：角度只是略有变化，则可能象征了某种含蓄的情绪渲染；角度变化趋向极端，则代表一个影像包含了重要的信息。常用的摄影机角度有鸟瞰、水平角度、仰角度、俯角度、倾斜等。

鸟瞰：是指直接从上空垂直俯视的画面，在实拍电影中类似于"航拍镜头"的效果，有一定的拍摄难度，而在动画片中正好可以无所限制地发挥创作者的想象力。这种摄影角度时常被用来表现景物的壮阔，或是代表飞翔在空中的角色的视点，

图1-2　风中奇缘

　　远景：交待了环境背景，同时显示两个角色之间的距离与位置关系。

图1-3　风中奇缘

　　全景：可以让观众同时看清两个角色的动作，和他们在环境中的位置关系。

图1-4　风中奇缘

　　中景：中景是叙事影片中最常用的景别，可以清楚表现角色的姿态、情绪反应和彼此之间的互动。中景可作为一条中线，比中景大的景别（全景、远景）较为客观，比中景小的景别（近景、特写）更为主观。二者或是引导着观众去关注角色内心，或是有着特殊的指向性。

图1-5　风中奇缘

　　近景：着重于表现角色的表情。

图1-6　风中奇缘

　　特写：特写比起近景更加贴近角色的内心世界，具有强烈的情绪感染作用。

图 1-7a　　　　　　　　　　　　　　　　　图 1-7b

带给观众翱翔天际的快感（图1-7）。

水平角度：摄影机位于与角色视角相等的高度。水平角度的镜头相对来说代表一种客观、中立的叙事观点，因此是大部分影片所采取的摄影机角度（图1-8）。

仰角度：是指摄影机镜头低于被摄物体的角度。与俯角度摄影相反，从低角度看一个矩形时，它的底部会变宽，类似最稳定的几何形状——以底部为基础的三角形，因此低角度摄影常被用来暗示主体的权势与威慑能力，或是用来制造主体的崇高、庄严的气势（图1-9）。仰角度的镜头设

计更接近角色内心世界，因此会给观众较为主观的感受。

俯角度：是指摄影机镜头高于被摄物体的角度。选择以俯角度来设计镜头的原因，除了符合角色看东西的角度，另外还可以造成一种透视的效果：从高角度看一件矩形物件时，它的底部会变窄，头部则会变宽，造成一种不稳定的感觉，因此俯角度有时也用来营造压抑、低沉的气氛。当我们往下看一个主体时，该主体可能被赋予相对弱势的意味，或正濒临倾倒的暗示，在双方对峙的镜头中，就常以俯视镜头与仰角镜头来暗示角色的地位（图1-10）。

倾斜：用倾斜的角度来拍摄，画面中的地平线不是水平的，造成一种不稳定的视觉感受。选择这种角度来设计镜头，应该有其特殊的叙事目的，比如作为"主观镜头"来表现角色晕眩、摇晃的状态，或是暗示角色的内心情感变化。

此外，有些镜头不是以摄影机的位置、角度或是动作来定义，而是根据它们在影片当中所扮演

图 1-7　小马王

　　在影片开头的部分，使用鸟瞰的角度展现美国大西部壮阔的景观，其摄影机的运动方式仿佛模拟老鹰的视角，穿梭于不同的场景之间。这就是动画片的优势，可以轻易地表现实拍电影技术难以达到的视觉震撼效果。

图 1-8　千与千寻

　　水平角度的镜头可以客观地表现环境和角色的位置、尺寸、距离关系。

图 1-9　千与千寻

　　低角度摄影常被用来暗示主体的权势与威慑能力，或是用来制造主体的崇高、庄严的气势。

图 1-10　小马王

　　在两个角色发生冲突的时刻，常使用夸张的摄影机角度来加强两者之间地位的悬殊感和对峙的紧张气氛。

图 1-8

图 1-9

图 1-10a

图 1-10b

的特殊功能来定位，例如主观镜头、客观镜头。

第三节
摄影机运动

运动摄影是电影区别于其他艺术门类的独特表现手段，它使空间产生了某种动态，不再是一种呆板的框框，而变成一种流动而活跃的表现元素。

在动画片中，除了真实摄影机能做到的各种拍摄技巧之外，还能创造出各种天马行空的转场效果、拍摄角度、摄影机运动。无穷的想象力与绚丽的视觉享受是动画独特的传播优势，因此，在不影响叙事的情况下，适当地使用一些富有创意与视觉震撼效果的镜头拍摄方式，会使动画片更具有吸引力与观赏性。

摄影机运动一般分为固定摄影与移动摄影，其中移动摄影又根据移动方式的不同而分为推、拉、摇、移、手持、升、降、旋转等。固定摄影的镜头代表着稳定、客观、冷静，运动摄影则象征活力、流动和混乱。在一部影片中，移动镜头的数量比例通常比较大，因为真实世界中人的视野多半是自由转换的，固定镜头的过分稳定反而显得不自然。

一、固定摄影

固定摄影是在摄影机镜头和机位不变的条件下进行拍摄。

固定摄影善于表现人、物，观众能够在镜头中详细地观察被拍摄的对象，而不必受到各种其他运动因素的困扰。固定摄影特别适合于拍摄对话场景和局部特写等画面。

在摄影机固定的情况下，通过改变焦距可以改变景别的大小，这种镜头称为变焦镜头（zoom shots）。变焦镜头的视觉效果与推、拉镜头类似，可以将镜头中的事物集中、放大或缩小。变焦镜头改变景别大小的幅度有限，而推、拉镜头则可以深入到场景之内，直接接近、远离拍摄的事物。

二、运动摄影

运动摄影亦称"移动摄影"，指摄影机在推、拉、摇、移、手持、升、降、旋转等不同形式的运动中进行拍摄。

推镜头：简称"推"，指摄影机沿光轴方向向前移动拍摄。

推镜头的特点是可在一个镜头内了解到整体与局部的关系、主体与环境的关系。这种摄影机运动方式符合一个向前行进的角色的观点，顺应

图1-11a

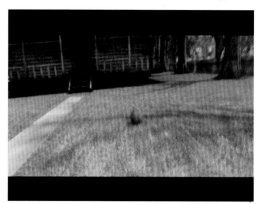

图1-11b

图1-11c

图1-11　怪兽屋

推镜头作为"主观镜头"时，正好替代了角色的视线。若表现角色正在寻觅某事物的过程，用主观的推镜头，则会延长寻觅的悬疑感。

图1-11a　跟拍。小男孩往前跑。

图1-11b　推镜头。摄影机顺着小男孩跑的动线往前移动，成为模拟他视线的"主观镜头"。

图1-11c　跟拍。小男孩走近篮球。

图1-12a    图1-12b   图1-12c

图1-12 小马王

逐渐向角色靠近的推镜头，可以强化角色的某种情绪，或是暗示将有重要的事要发生，如果是在两个角色之间分别使用推镜头的话，则强化了两个角色之间的关联。

图1-12a 推镜头。当镜头推向某一角色的面部时，就像是走进他的内心世界，暗示角色的某种情绪、想法，或与其他角色特殊的情感关联。

图1-12b 静止镜头。当观众看到一个推向角色面部的镜头时，自然知道在下一个镜头中出现的角色就是其情感交流的对象。在这个镜头里，我们明白了马与人之间产生了特殊的情感交流。

图1-13 泰山

"非现实的主观处理"就是利用推镜头来模拟角色的视线，角色本身没有移动，但通过急速的推进来加强角色紧张的精神状态，或是强调某个物件的重要性。这是现实生活中人的视线所不能做到的。

观众的虚拟视线，便于让观众逐步推进地观察空间环境，并通过动线与停留时间突出重要的戏剧元素。

作为"主观镜头"时，推镜头正好替代了角色的视线。若角色正在寻觅某事物的过程中，用主观的推镜头，则会延长寻觅的悬疑感，因为通过视线的联结，观众同角色成为了命运共同体，一样身处现场面对未知的考验。（图1-11）

推镜头也适合表现角色的心理反应。逐渐向角色靠近的推镜头，可以强化角色的某种情绪，或是暗示将有重要的事要发生；如果是在两个角色之间分别使用推镜头的话，则强化了两个角色之间的关联。（图1-12）

另一种推镜头被称为"非现实的主观处理"，也就是模拟角色的视线，但通过急速的推进进一步加强角色紧张的精神状态，或是强调某个物件的重要性，这是现实生活中人的视线所不能做到的。（图1-13）

拉镜头：简称"拉"，和推镜头相反，指摄影机沿光轴方向向后移动拍摄。

拉镜头的特点是可使画面产生逐渐远离被摄主体，或渐次扩展视野范围，从一个对象变化

图1-13a 角色位置没变

图1-13b 推镜头

图1-13c 角色位置没变

图1-13d 推镜头

图1-14a

图1-14b

到更多对象，逐渐显露出某些信息而震撼观众。（图1-14）

在表现追逐或是谈话场面时，拉镜头可跟随向镜头走来的角色，建立出角色之间的关联与空间中的动线。

缓慢的拉镜头还可以渲染出一种平静的、孤独的、无力的、甚至死亡的气氛，有时出现在片尾或重要段落的结尾，形成一种无声胜有声的意境。

摇镜头：摇镜头也称"摇摄"、"摇拍"，简称"摇"，是指将摄影机放在三角架上，主轴不动，仅镜头水平、垂直转动。

摇镜头可以在一个视野范围不断改变的镜头中介绍出新的信息，通常的目的是让主体留在画面景框中。

水平方向的横摇镜头强调的是空间的统合，例如在两人行进对话的镜头中，维持两个主体的空间位置。另外横摇镜头还可用于展现景物的全貌或关系，例如在大远景的镜头中使用横摇。

垂直方向的直摇镜头也是为了使主体移动时仍留在画面中心，或作为角色的主观视点，突显被摄物的某种状态。

移动镜头：简称"移"，指摄影机沿水平面作各方向移动所拍摄的画面。

移动镜头能较全面地展示环境、表现人物。当被摄对象呈静态时，摄影机移动使得景物从画面中依次出现，向观众展示了其中重要的信息；被摄对象为动态时，摄影机跟随其移动，可以让观众的注意力最大程度地集中在角色的动作上，而不会注意到摄影机的存在，电视系列动画片就时常使

用这种方法（图1-15）；移动镜头中如果摄影机与被摄对象的运动方向相逆，则可以造成一种速度与情绪上的冲击。

手持摄影：在实拍电影中，因为硬件的技术发展而使携带摄影机变得可能，从而发展出这种"纪实性"的摄影美学。手持摄影特有的不稳定、易受环境影响等特性，时刻提醒着观众摄影师的存在，因而营造出一种身历其境的视觉效果。在动画片中，手持摄影的运动方式经常用于主观镜头，模仿角色的视角与情绪，作出相应的摄影机晃动效果，以此增加情节的感染力。

升降镜头：指摄影机做上下运动拍摄的画面，

图1-14 小马王

拉镜头的特点是可使画面产生逐渐远离被摄主体，或渐次扩展视野范围，从一个对象变化到更多对象，逐渐显露出某些信息而震撼观众。如果是快速地拉镜头，则更强调角色对当下环境的惊讶、恐惧等情绪。

图1-15 兔八哥

被摄对象为动态时，摄影机跟随其移动，可以让观众的注意力最大程度地集中在角色的动作上，而不会注意到摄影机的存在。电视系列动画片就时常使用这种方法。

图1-15

图1-16

图1-16 天空之城

上升镜头可以展现大场景的全貌，常用来渲染宏伟、磅礴的气势；常用在影片开头或段落的结尾处。

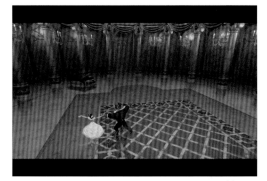

图1-17

图1-17 美女与野兽

下降的镜头则给予观众开始接近的心理感受，常作为影片开场的方式，或是用于具有强烈情感气氛的段落。

图1-18 玩具总动员2

旋转镜头多用于表现人物在旋转中的主观视线或晕眩感。

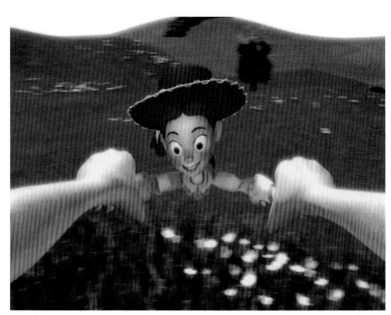

图1-18

其变化有垂直升降、弧形升降、斜向升降、不规则升降等。

上升镜头可以展现大场景的全貌，因此常出现在影片的开头或结尾部分，用来渲染宏伟、磅礴的气势（图1-16）。而下降的镜头则给予观众开始、接近的心理感受，作为影片开场的方式，或是用于具有强烈情感气氛的段落（图1-17）。

在动画片中，升降镜头是展现创作者无穷想象力的最好途径之一，因为没有实拍电影的技术与经费问题，摄影机可以任意地翱翔于天地之间，展现幻想世界的壮观与宏伟。尤其是现在三维电脑动画技术的发达，突破了手绘动画中复杂摄影机运动时画面的透视难度，更大幅度地增加了动画的艺术表现力。许多实拍电影都借助动画技术来达到理想的摄影机运动效果。

旋转：指被摄主体或背景呈旋转效果的画面。

旋转镜头多用于表现人物在旋转中的主观视线或晕眩感（图1-18），或是表现人物瞬间的紧张感。

运动摄影最基本的功能是"描述性"——通过不断运动着的画面来体现时间的演变、空间的转换，或跟随处于运动状态的人或物，及时展现事件发生的过程，给予观众身临其境的真实感受。

其次，运动摄影可以创造出"戏剧性"——

通过运动摄影可以增强镜头画面的动感和空间感，扩展画面的视野，丰富画面的造型形式。运动摄影使得空间中的人与人、人与物产生联系与因果关系，配合摄影机运动的不同速度与动线，可以创造出暗示、对比、强调、联想、反衬等多种艺术效果。

从影片整体结构来看，运动摄影可以创造出段落的"节奏性"——摄影机不断地运动，就等于每时每刻在改变观众的视点，这就起着与蒙太奇类似的功用，最后使影片有了它自身的节奏，而这种节奏也正是构成影片风格的重要原因之一。

在这里要强调的是，虽然某些镜头具有特定的叙事目的，但不能只将它们作为个体来分析，而必须把它放在一系列连贯的镜头中去观察，当镜头联结在一起时，单个镜头自身的叙事功能才能得到完整的体现。

第四节
焦距

一、焦距的基本概念

镜头的焦距(focal length)是指当镜头对焦于无穷远处时，影片面至镜头光学中心的距离。比如50mm的镜头当其光学中心与影片面相距50mm时，能产生远方物体清晰的影像，对较近物体的拍摄时，它也可以调整焦距，但仍称为50mm镜头。

焦距固定的镜头称为定焦镜头，主要镜头分为三种：短焦距镜头（又称为广角镜头）、标准镜头、长焦距镜头。具有多重焦距的镜头则称为变焦镜头。

短焦距镜头（又称为广角镜头）：焦距越短，景深越大，视角越宽阔，所以广角镜头能够在较近的距离，拍摄比较大的范围。在扩大视野的同时，广角镜头还会夸大纵深的距离感，物体越接近广角镜头，这种夸张的效果会越明显，并且物体会越呈球体状。比如使用广角镜头近距离拍摄建筑物时，建筑物的垂直线条会因为透视的关系而被弯曲成弧线，这就是所谓的广角镜头的球面效应。在表现运动时，使用广角镜头会使纵深运动加快，横向运动变慢。

标准镜头：要达到相同的倍率和透视效果，35mm影片需使用50mm的镜头，16mm影片则使用25mm的镜头。在此标准镜头指的是假设在35mm影片规格之下，35-50mm为标准镜头，14-35mm通常作为广角镜头使用，80mm以上为长焦距镜头，当镜头的焦距长至200-1200mm则称为望远镜头。

长焦距镜头：长焦距镜头的特性和广角镜头正好相反。焦距越长，景深越小，所获得的影象范围越小，视角越小，所以长焦镜头经常用于拍摄近景和特写。但是长焦距镜头可以在比较远的距离获得比较大的影像。长焦距镜头会压缩真实空间中的深度的关系。长焦距镜头的使用常是为了看清远处的物体，但它并没有真的使远处的物体变近，而是使整个透视看来像是被压平了。基于这些特点，利用长焦距镜头表现运动的时候，纵深运动变慢，横向运动加快。

变焦镜头：指通过镜头内光学镜片的组合改变镜头焦距的可伸缩镜头。不改变摄影机及被摄对象的位置，仅改变镜头焦距即可获得从全景渐变至近景（或反之）的镜头画面，运用它，可模拟推、拉的拍摄方法，产生移动的错觉效果。

利用变焦镜头做快速变焦动作可以产生一种独特的艺术效果。快速变焦指利用光学镜头焦距的变换迅速改变画面景别。快速变焦近似推、拉运动镜头，但具有推、拉运动镜头所不能达到的变化速度和画面稳定性。其特点是起幅、落幅画面影像清晰，中间过渡画面呈虚幻的光影，从一个景别转换到另一个景别时效果突出，给观众较强烈的视觉刺激。

二、焦点与景深

"焦点"是光线聚合的一点或光线由此发散的一点。在观察一幅画面的时候，人的注意力会自然而然朝向焦点范围内的东西，所以焦点的控制成为重要的镜头设计环节。而焦点的控制是通过景深来完成的。

图 1-19

图 1-21a

图 1-21b

图1-19 怪兽电力公司

"景深大"指的是画面中焦点范围大,能够全面、清晰地介绍被摄主体的周围环境特色,并可通过近大远小的透视关系表现场景中的人物调度和环境关系。

图1-20 料理鼠王

"景深小"指画面中对焦范围小,画面中只有局部的景物是清晰的,这样的处理有利于突出被摄主体。

图1-21 玩具总动员

通过焦距和焦点的变化,会使画面中的主要角色发生根本的转变,建立起画面的视觉中心,用来暗示角色内心所关注的焦点发生了变化。

伍迪先是想到了自己的处境,而对另一个角色产生同情感,镜头中的焦点也随着他的思绪与视线,先在自己身上,后转移到另一个角色身上。

在动画片中,模拟电影摄影的景深效果是很重要的叙事手段,因为它关系到纵深空间的场面调度,在这种情况之下,镜头内部的转移活动代替了换景和移动摄影。

"景深大"指的是画面中对焦范围大,能够全面、清晰地介绍被摄主体的周围环境特色,并可通过远近景物所呈现出的近大远小的透视关系,生动地表现出被摄景物的深度与广度,增加画面的空间感(图1-19)。可以通过景深大的镜头画面,达成一些特殊的叙事目的。例如:同时表现前、中、后景的动态变化;一个人或是物突然进入前景,使观众产生一种强烈的惊奇感;或是以一个角色的侧身出现在前景上,表明整个场景是通过他看见的。

"景深小"指画面中对焦范围小,画面中只有局部的景物是清晰的,通过强烈、鲜明的虚实对比,来烘托、反衬呈现在观众面前特别清晰的被摄主体——画面的视觉重点(图1-20)。景深小的镜头画面可以强化局部的重要性:例如将焦点放在前景上,使处在中、远距离上的景物影像逐渐模糊;将焦点放在中等距离的景上,使处在近、远距离上的景物影像模糊;将焦点放在后景上,使处在中、近距离上的景物影像逐渐模糊。

在一个镜头画面中产生焦点变化,则是控制观众视觉注意力的一种手段。通过焦距和焦点的变化,会使画面中的主要角色发生根本的转变,建立起画面的视觉中心。(图1-21)

思考与练习

1.请选择一部短片或广告,试计算其镜头数量。

2.请绘制不同的景别来描述以下情景:群山之中,一座山峰上有一棵树,树下有一个正在满头大汗练武的人……

3.请用DV对同一个人物进行各种摄影机角度的拍摄练习,并描述其不同的视觉效果。

4.请用DV对同一个场景进行各种摄影机运动方式的拍摄练习,并描述其不同的视觉效果。

图 1-20

第二章　轴线

在电影发明之初，拍摄手法近似于记录片。摄影机架好后，演员就在场景中进行不间断的表演，此时多半采取的是全景，把演员的位置与动线、演员与场景的关系等明确地展现在观众面前。往后，随着摄影技术的进步与剪辑概念的普及，导演为了增加画面表现力和丰富画面的节奏变化，将一场戏分切成多个镜头来表现。现在这种对镜头的分切，已经成为导演的基本工作之一，即使是简单的几句对话也不例外。

此时导演就面对这样一个问题：如何将同一时间、空间中发生的动作或对白分切成多个镜头，而不会让观众对影片的叙事产生误解？假设使用三个摄影机来拍摄同一个角色不同景别的画面，那么这三个摄影机要怎么摆放，拍摄完成的影片才可以顺畅地剪辑在一起？

一条假想的线可以帮助我们完成这样的镜头设计。我们沿着角色的视线方向或运动方向，勾勒出这条虚拟的线，这条线就像神怪故事中的"结界"一样，它限制了摄影机摆放的位置。选定线的一侧并只在这个范围内摆放摄影机，就能保持角色的视线方向、运动方向的一致性，构成画面空间的统一感。这条线就是所谓的"轴线"。

关系轴线：也被称为180度线。在同一个场景中，有两个或两个以上的角色产生互动时，他们之间就产生了一条假定的轴线。为了保证角色在画面空间中的位置与方向的统一，摄影机摆放的位置要遵循轴线规则，也就是只能放置在轴线一侧的180度之内。

运动轴线：以多个镜头表现被拍摄的对象的运动时，根据对象的运动方向以及空间位置，延伸出一条虚拟的运动轴线，来定出摄影机的几个位置。当这些不同拍摄角度的镜头彼此切换时，既保持了被摄物的运动方向的一致性，也增加了镜头的表现力。

越轴：为了丰富镜头语言、增加节奏的变化，而故意破坏轴线的规则，这种手段被称为"越轴"。除非是想故意造成视觉上的错觉或混乱感，不然使用"越轴"手段时还必须掌握几种技巧，包括利用角色或摄影机的移动来转移观众的注意力、在两个镜头之间插入无明确方向的镜头等。

第一节
关系轴线

一、关系轴线的基本概念

在镜头画面中，连接角色的视线和他所注视对象之间的虚拟线，叫做"关系轴线"。

在只有一个角色的情况下，关系轴线存在于他和他所观察的事物之间（图2-1）；场景中有两个或两个以上的角色时，关系轴线的两个端点是以他们的视线为基准（图2-2）；在某些情况下，角色之间的视线所在位置不明显，或者彼此的视线不交流，此时角色头部的位置就相当于视线（图2-3、图2-4）。

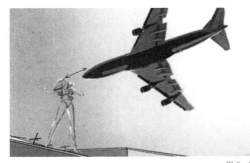
图2-1a

图2-1b

图2-1　南茜的早晨
在镜头画面中，连接角色之间视线的虚线，叫做"关系轴线"。在只有一个角色的情况下，关系轴线存在于他和他所观察的事物之间。

图2-2

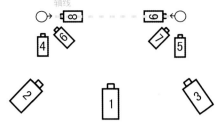
轴线

图2-3

为了确立空间关系还有角色的位置，摄影机不能越过关系轴线到另一侧去拍摄，因此关系轴线又被称为"180度线"。

二、对话的镜头设计

1.三种基本镜头

(1)主镜头／主角度（机位1）：

通常使用全景的景别，来交代两个角色彼此之间的距离、角色在场景中的位置。

主镜头的位置决定了关系轴线的位置，往后

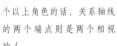

图2-2　南茜的早晨

　　在场景中有两个或两个以上角色的话，关系轴线的两个端点则是两个相视的人。

图2-3　南茜的早晨

　　在某些情况下，角色之间的视线所在位置不明显，或者彼此的视线不交流，此时两个人之间还是存在着关系轴线。如图：关系轴线是二人的连线，而运动轴线是汽车行进的方向。

图2-4　南茜的早晨

　　即使两个角色不在同一个场景，但如果彼此有所互动时，也要按照关系轴线的原理，让两个角色的视线相对。例如互通电话的情节。

的摄影机机位不能随意地超越这个180度的范围，因此这种镜头也称为主角度。

(2)反应镜头（机位468、机位579）

一个人说话或动作之后，拍摄另一个人的反应，通常使用近景或特写的景别，近距离表现角色的情绪与心理变化。这种镜头通常出现在对话内容较关键的部分，让观众在情感上有逐步接近角色内心世界的效果。

(3)过肩镜头（机位2、3）：

通常使用中景或是近景的景别，离摄影机较远的角色占画面的主体，前景则是背对镜头角色的肩膀。

此种镜头可以让观众清晰地观察角色的脸部表情与反应，而越过其中一个角色的肩部来拍摄，则强化了两个角色的位置关系。

2.如何决定镜头的顺序

当一位角色在说话时，我们除了专著于说话的内容外，还要注意聆听者的反应。有时候，聆听

图2-4a

图2-4b

图2-4c

图2-4d

者的反应所产生的效果，甚至超过述说者说话内容本身。例如影片中的角色说了一个笑话，我们不觉得这个笑话很有趣，但在场聆听者的反应却十分热烈，于是我们相信了：这个角色刚才说的笑话很有意思。

对话场景的镜头设计，就是以"满足观众知的欲望"为目标，让观众看见讲话者的神情和聆听者的反应，渐渐地将情感融入剧情当中。其中，最基本也是最重要的技巧就是将说者与聆听者两方的镜头彼此对切，也就是俗称的"正反打"。

3.对话镜头的设计步骤

第一步：分析剧本

（南茜开门拿信，看到门口站着一个小女孩）

小女孩：小姐，早安，知道今天是什么日子吗？如果不知道，我来告诉你吧。今天就是传说中的父亲节啦。

（南茜关门）

（又传来敲门声）

（南茜无奈，再开门）

小女孩：为了表达对你爸爸的爱，别急着关门，买一朵红玫瑰啦。

南茜：喂，别再烦我。

第二步：镜头设计草稿

以上述三种基本镜头为架构，按照台词的内容（语气转折、语句停顿处）加入"正反打"，就完成了对话场景的基本镜头设计。

（南茜开门拿信，看到门口站着一个小女孩）

——图2-5a：全景，主镜头。交待角色位置关系。

小女孩：小姐，早安，知道今天是什么日子吗？

——图2-5b：中景，过肩镜头。小女孩说话。

小女孩：如果不知道，我来告诉你吧。今天就是传说中的父亲节啦。

——图2-5c：中景，过肩镜头。南茜反应镜头。

（南茜关门）

——图2-5d：中景。小女孩背影。

（又传来敲门声）

图2-5 南茜的早晨

图2-5a 为主镜头，用来交待两个角色之间的距离、位置关系，接下来，我们可以根据角色的视线关系来定义轴线的方向。

图2-5b 至图2-5h 两个角色对话的"正反打"镜头，在说话者和聆听者之间来回对切，并依据对话内容中情绪的转折，选择不同的景别来丰富段落的节奏。

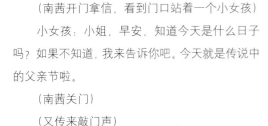

图2-5a

图2-5b

图2-5c

图2-5d

图2-5e

图2-5f

图2-5g

图2-5h

图2-5i

图2-6a 全景：主镜头

图2-6b 近景：过肩镜头

图2-6c 近景：过肩镜头

图2-6d 近景

图2-6 玩具总动员2

以下为一组标准的两人对话段落：先以主镜头定出轴线的方向，并交待环境和角色之间的位置关系。接着镜头在说话者与聆听者之间来回切换，根据对话内容和角色情绪的转换，穿插变换不同的景别。

图2-6e 近景

（南茜无奈，再开门）

——图2-5e：中景。南茜反应镜头。

小女孩：为了表达对你爸爸的爱，别急着关门。

——图2-5f：近景。小女孩说话。

小女孩：买一朵红玫瑰啦。

——图2-5g：近景。南茜反应镜头。

南茜：喂，别再烦我。

——图2-5h：中景。南茜说话。

（南茜关门）

——图2-5i：中景。小女孩背影。

第三步：按照影片风格调整细节

在基本的镜头设计上，结合角色的心理状态与场景的特点，修改部分镜头——画面的景别与构图。在叙事清晰的前提下，完成富有独特艺术风格的镜头设计。

即使是在多人对话的场面中，对话的中心角色通常也不会超过两人，所以镜头设计遵循双人对话的规律即可。在这种情况里，画面的构图显得格外重要，要同时符合关系轴线的范围，并在众人中突显出说话的人。

范例：两人对话。（图2-6）

范例：多人对话。（图2-7）

三、越轴的方法

越轴也称为"跳轴"，是指违背既定的关系轴线，在180度范围之外的位置摆放摄影机。越轴的镜头在视觉上会造成运动方向或角色关系位置的混乱。

有时在影片中对话的内容过于冗长，"正反

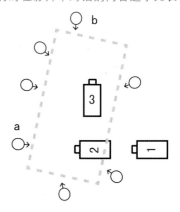

图2-7a 主镜头。

图2-7b 妈妈和婴儿之间产生了轴线关系：过肩镜头。

图2-7c 按照图2-7b的轴线方向：过肩镜头。

图2-7d 按照图2-7b的轴线方向。妈妈的主观镜头。

图2-7e 妈妈转向和儿子讲话，两者之间产生了新的轴线关系。

图2-7f 按照图2-7e的轴线方向。

图2-7g 按照图2-7e的轴线方向。

图2-7h 按照图2-7e的轴线方向。

图2-7 超人特工队

这组图为标准的多人对话段落：同样先以主镜头来定义轴线方向，并交代环境和所有角色的位置关系。虽然有许多角色在场景之中，但每次对话的角色通常还是两人，当对话的角色变换时，轴线要随之改变，其他的镜头设计原则和两人对话段落是一样的。

图 2-8a

图 2-8b

图 2-8c

图 2-8d

图2-8 超人特工队 越轴的方法

图2-8a 妈妈的主观镜头。

图2-8b 变换轴线。爸爸走过镜头前。在此镜头之前，轴线本来建立在爸爸和妈妈之间，通过爸爸移动的身影，转移了观众的注意力，接着轴线变成建立在妈妈与女儿之间。

图2-8c 过肩镜头。

图2-8d 对切。

图2-8e 变换轴线。上一个镜头是妈妈的中景，没有明确的方向性，在此之后轴线再次变换成儿子与女儿之间。

图2-8f 近景：过肩镜头。

图2-8g 全景。在对话段落中，经过数个中近景的对切，通常会穿插一个全景的镜头，来缓和对话气氛，并让观众再次熟悉角色的位置关系。

图 2-8e

图 2-8f

图 2-8g

图 2-8h

打"的镜头频繁出现，会使观众感到厌倦，也会使影片节奏变得缓慢，此时，如果适当地使用"越轴"来变换镜头的方向与构图，则可以增加对话场面的可看性，丰富整组镜头的节奏。

但是如何使"越轴"的镜头看上去变得合理呢？（图2-8）

"越轴"之所以在一般情况下被禁止使用，是因为它会使镜头中角色的位置关系产生混乱，当观众发现角色的位置忽东忽西时，会感到很迷惑，而没有心思再继续关注剧情，造成影片叙事的失败。因此，使用"越轴"时，我们必须先"转移观众的注意力"，让"越轴"在不知不觉中进行。

图2-9

要使越轴镜头的加入看起来合理，有以下几种常用的技巧：

1. 骑轴：将摄影机放置在180度线的两端，通过角色正面的镜头来转移观众的注意力，在接下来的镜头转换轴线；

2. 插入不同景别并且没有明确方向性的镜头，在接下来的镜头转换轴线；

4. 插入一个无明确方向性的角色身体局部特写，在接下来的镜头转换轴线；

5. 在一个镜头中通过摄影机运动来穿越轴线；

6. 摄影机跟随角色，在走动中改变原来的轴线，形成新的轴线。

第二节
运动轴线

一、运动轴线的基本概念

在镜头画面中，从被拍摄对象的运动方向，延伸而成一条虚拟的轴线，叫做"运动轴线"。(图2-9)

被拍摄对象的运动过程在被分切成数个片段镜头之后，要靠运动轴线来统一动作方向的连续性。遵循运动轴线来设计镜头还可以加强画面的表现力。

运动场面比起对话场面更讲求整体画面的动感与气氛，为了增添镜头设计的多样性，更需要适时地改变运动轴线的方向。因此我们还要学习运用一些技巧，使得方向的改变在运动场面中变得合理。

二、运动镜头的切换

将一个连贯的动作分切成不同的镜头，比在一个镜头中表现完整的动作会更具有戏剧性。运动镜头的切换技巧与"蒙太奇"概念有关，通过流畅的镜头分切，可以让观众的注意力集中在剧情上，而忽略了部分动作已经被"省略"——"省略"的技巧是动画艺术可以用来表现生活，而又超越生活的重要表现手段。在不影响动作合理性并遵循运动轴线的前提之下，从一组完整的动作中加以筛选、组接，可以加强镜头之间的节奏感。

要把一个连贯的动作分切成不同的镜头时，首先必须注意保持一些细节的一致性——位置、运动与视线。"位置的一致性"是指角色在场景中的位置与姿态，包括其服装、道具的摆放方式，这是维持两个镜头之间匹配的基本原则；"运动的一致性"是指在镜头分切之后，角色的动作保持其连贯性与因果关系。"视线一致性"是指两个角色或多人之间交流时，他们的视线应当是相对的，并且在整组镜头中保持一致的方向。在设计对峙或是追逐场面的镜头时，运用相对的运动是冲突的基础。例如甲方军队始终向右移动，乙方军队则向左移，这两种相反的方向交替地出现，直到合在一起时为止。

三、改变运动轴线的方法

保持相同运动方向的镜头在累积了一定数量后容易使观众感到厌倦，为了创造动作感更强烈的画面构图和更好的角度，通过一些技巧来改变运动轴线的方向是必须的。

1. 插入另一个场景的画面，在接下来的镜头转换轴线；

2. 插入无明确方向的镜头，在接下来的镜头转换轴线；

3. 摄影机随着角色运动方向的改变而变换轴线。范例：运动轴线。(图2-10)

思考与练习

1. 请用DV练习拍摄"两人对话"镜头。

2. 请用DV练习拍摄"两人追逐"镜头。

图2-9 兔八哥

在镜头画面中，从被拍摄对象的运动方向，延伸而成一条虚拟的轴线，叫做"运动轴线"。

图2-10a 全景 从运动的物体后方跟拍。　　　图2-10b 远景，从运动的物体侧面跟拍（往右）。

图2-10c 中景，从运动的物体前方拍摄。　　　图2-10d 中景，从运动的物体侧面跟拍（往右）。

图2-10e 中景，从运动的物体前方拍摄。　　　图2-10f 全景，从运动的物体前方拍摄。

图2-10 埃及王子

　　在运动段落中，物体的运动方向应该维持一致，镜头设计一般有以下几种方式：

　　1.从运动的物体侧面跟拍：可以清楚表现物体的运动方向，并交代景物、环境。

　　2.从运动的物体后方跟拍：可以加强速度感，使观众更身临其境地感受追逐的惊险与紧张感。

　　3.从运动的物体前方拍摄：相当于拿着摄影机往后退，可以清楚看见角色的表情，并且让观众感觉运动的物体往镜头方向迎面而来，有着震撼的视觉效果。

　　在这三种摄影方向的镜头基础之下，变换不同的景别，就可设计出内容丰富、有节奏感的运动段落。

 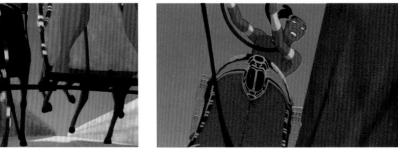

图2-10g 近景，从运动的物体前方拍摄。　　　图2-10h 中景，从运动的物体前方拍摄。

图2-10i 中景，从运动的物体侧面跟拍（往右）。　　　图2-10j 全景，从运动的物体前方拍摄。

图2-10k 近景，从运动的物体前方拍摄。

图2-10l 全景，俯视（往右）。

图2-10m 全景，从运动的物体侧面跟拍（往右）。

图2-10n 近景，从运动的物体侧面跟拍（往右）。

图2-10o 近景，从运动的物体侧面跟拍（往右）。

图2-10p 全景，近景，角色动作停止。

图2-10q 中景，角色的视线由左往右。

图2-10r 近景，变换轴线。另一个角色从画面右侧出现，通过视线与动线的改变，提示轴线将要改变。

图2-10s 远景，角色跑向另一个场景。

图2-10t 特写，无特定方向性的中性镜头，用来区分两个镜头。下一个镜头开始可以重新定义运动轴线的方向。

第三章　场面调度

21世纪
高等院校美术专业新大纲教材

"场面调度"这个词来源于法语，是"摆在适当的位置"、"放在场景中"的意思。开始用于舞台剧，指导演对一个场景中演员的行动路线、地位、演员与演员之间的交流等表演活动所进行的设计。

场面调度的主要目的是"让观众的视线集中在重要的地方"。在构思一个镜头（或一场戏）的场面调度时，具体可从以下几个方面开始着手：角色的位置、角色的走位、角色之间的互动关系，摄影机的位置和移动的方式。

"场面调度"在动画片创作中，指的是导演对于画框内事物的安排，主要通过角色调度与镜头调度两个部分来完成。

角色调度：导演对于角色姿态的变化、位置的变动、不同角色之间发生交流时的动线等因素，进行独特的艺术构思，让角色在立体空间中的运动既符合剧情的逻辑，又富有构图的美感。

镜头调度：导演运用摄影机位置的变化，如各种运动方式（推/拉/摇/移/升/降等）、各种视角（俯/仰/平/斜等）、各种景别的变化（远/全/中/近/特等），获得不同视点、角度与景别的镜头画面，来展示人物关系和加强环境气氛的变化。

第一节
角色调度

在整个动画片的镜头设计中，导演面对的是一连串的"选择"，小到单个镜头中角色如何表现动作，道具怎么摆放，角色与摄影机的距离多远，是谁的视点，大到镜头的先后顺序，声音与影像的结合，段落之间的节奏。创造一幅镜头画面就像是从流动的世界中挑选了一幅影像，各种视听元素被"有目的"地放置在镜头之中。这个过程就是"场面调度"。

在最初的概念里，角色调度指的就是舞台上演员的走位，以不背对观众、让观众看清楚演员的表演为首要目的，后来就是通过动作来表现内心的情感、渲染整体气氛。当角色调度的概念被延伸到影视制作后，因为增加了摄影机运动这个因素，情况变得复杂得多了。剧场的一场戏是在舞台上同一连续的时空中演出，而影片中的一场戏则是由许多镜头所组成，镜头空间是三维的立体空间，因此导演要考虑的因素不止是角色本身在场景中的运动，还要考虑摄影机可以自由移动的情况下，如何设计角色在动态画面中的构图。

角色调度可分为两大部分，一个是角色本身的"动作设计"，一个是"角色与外在环境的互动"，包括与其他角色的互动、与场景中物件的互动。

在动画片里，所有的角色都是"虚拟的"，不像实拍影片中演员有时是通过自身独特的魅力来吸引观众。动画角色的灵魂来自于精彩的"动作设计"，这是角色调度中最基本也最富有创造力的环节，对于一部动画片的成功与否起到决定性的作用。动作设计追求合理并有创意的"动作细节"，通过生活化的细节，展现角色的性格与情绪，使角色变得生动、可信。

"角色与外在环境的互动"，包括与其他角色的互动、与场景中物件的互动。在前期制作阶段设计场景时，就要考虑到什么样的空间布局利于角色在其中活动，如何在表现人物互动的同时展现空间，应该如何设计角色的固定位置与移动路线，如何在角色移动的过程中同时展现其个性特点，需不需要添加一些道具来使画面更加丰富，让场景设计除了交待时空背景的功能之外，还有表现人物关系、推动剧情的作用。

在考虑如何将角色"放置"于场景中的时候，有一些人类共同的心理暗示与约定俗成的规则可以参考。

景框中的特定位置都有其象征意义，换句话

图 3-1

图 3-2

图 3-3

图 3-4

说，将角色或物件摆在景框内的某个部分，即代表创作者对于该人或物的评价，暗示人物性格身份地位或剧情发展方向。

一般来说，景框内可分为中央、上、下、边缘几个区域：中央是观众视觉的中心，角色被放置在中央位置会显得理所当然，反之，想要造成不平衡的视觉效果则可将角色放置在边缘的区域；而景框的上方象征了权势与力量，将角色摆放在这个位置会产生压制下方的感觉，也常用于拍摄高山或是宫殿等宏伟的景致（图3-1）。

有些构图的结构符合几何图形，例如圆形、长方形或三角形。三角形的构图通常给人稳固的感觉，其顶部则是权力的极至所在（图3-2、图3-3）。如果加上仰角则更增加了这种三角形构图的效果，常被用来表现角色的权势。

位于镜头画面中的主体是构图的主要元素，它们多半能被简化为体积或线条：体积是指被占据的区域，有时是由光影塑造而成，具有"视觉重量"，讲究画面各区域间的平衡；而线条具有方向性，水平线象征稳定，垂直线象征力量，但相对不稳定，对角线则最具有动感（图3-4、图3-5）。

纵深方向的调度也是场面调度常见的方式，

是指将重要的信息放置在各个不同深度的空间里，并在一个镜头内展现角色或物件的运动变化。这种方法最常见的是利用人或物作前景，后景人物在纵深处由后面走向前面，即由全景变化为近景（图3-6）。另一种常见的用法，则是分出前后景，

图 3-5

图 3-6

图3-1 机器人嘉年华

景框的上方象征了权势与力量，将角色摆放在这个位置会产生压制下方的感觉，也常用于拍摄高山或是宫殿等宏伟的景致。

图3-2 埃及王子

图3-3 狮子王2

三角形构图通常给人稳固的感觉，其顶部则是权力的极至所在。

图3-4 花木兰

镜头画面中的主体可被简化成体积或是线条：体积是指被占据的区域，有时是由光影塑造而成，具有"视觉重量"，讲究画面各区域间的平衡。

图3-5 晴天小猪

线条具有方向性，水平线象征稳定，垂直线象征力量，但相对不稳定，对角线则最具有动感。

图3-6 怪兽电力公司

纵深方向的调度：这种方法最常见的是利用人或物作前景，后景人物在纵深处由后面走向前面，即由全景变化为近景。

图 3-7a

图 3-7b

在两个表演区同时有剧情在进行。(图3-7)

场景当中的每一个角色与物件都是有机的个体,导演的才华就展现在怎么创造、选择并最终将它们调动起来。角色调度的主要目的首先还是完成叙事,其次就是展现角色性格、表现人物关系、展示场景空间,最终利用各种视听元素达到烘托气氛的效果。

第二节
镜头调度

镜头调度是指运用各种摄影机的变化,包括运动方式、视角、景别的变化来帮助叙事,表现人物及其关系,或渲染整体气氛。

图 3-7 怪兽电力公司
另一种常见的纵深方向调度,则是分出前后景,在两个表演区同时有剧情在进行。

图 3-8 冰河世纪

图 3-9 怪兽电力公司
对于动画片而言,其镜头调度的表现力与灵活性远远超越电影。动画导演可以更精心地安排影片中的镜头调度,善用这种技术优势,将天马行空的想象力视觉化。尤其是实拍电影中要花费巨资、拍摄难度十分高的大场面,如果使用动画来制作则变得轻而易举,这些场面成为影片中最吸引观众眼球的片段。

镜头调度是电影区分于戏剧的重要艺术表现手段,通过摄影机在三维空间中获得不同视点、角度与视距的镜头画面,打破了观众在观赏戏剧时只能观看特定范围的空间限制,并且实现了连接不同时空的叙事方式。

对于动画片而言,其镜头调度的表现力与灵活性更是远远超越电影。实拍电影有许多技术和资金上的限制,比如要设计一个宏伟的航拍镜头时,要考虑拍摄人员的安全性、租借设备的成本、拍摄当天的天气与风向等,要是拍摄时出点差错,又会造成时间与资金上的巨大损失。

动画片的创作则没有这些问题,因此动画导演可以更精心地安排影片中的镜头调度,善用这种技术优势,将天马行空的想象力视觉化。尤其是在实拍电影中需要花费巨资、拍摄难度高的大场面,如果用动画来制作则变得轻而易举,而这些场面往往会成为影片中最吸引观众眼球的片段(图3-8、图3-9)。

但技术终究是要为艺术服务,对于一部动画剧情片来说,任何镜头调度的目的还是"叙事",在把故事说清楚后,视听语言的表现力才可以称得上是锦上添花。

具体来说,可以通过对以下几个问题的研究,来进行一场戏的镜头调度设计:

1. 从影片整体的风格来考虑:这场戏的剧情内容和气氛为何?镜头的时间长短与段落的节奏为何?适合使用何种摄影机运动方式?适合使用何种摄影机角度?

2. 从角色考虑:这场戏的主要角色为何?次要角色为何?他们在画面中的位置以及运动方式为何?他们与摄影机的距离为何?

3. 从构图考虑:镜头画面的视觉中心为何?

图 3-8

图 3-9

场景中是否有需要特别强调的物件？灯光最强烈的地方在哪一个角色或物件上？摄影机开始移动（起幅）和停止移动时（落幅）画面的内容是什么？前景、中景、背景之间的关系？色彩主调为何？

另外要注意的是，不能仅考虑单个镜头的镜头调度，而忽略整组镜头组接之后的效果。动画构图与绘画、照片之间最根本的不同在于"运动"的因素——在动画片中，通过角色的运动与摄影机的运动，将不断改变画面中的主体位置和构图结构、透视关系。绘画和照片的构图好坏，可以通过静态的方式分析，但动画片的构图却可能在转瞬之间改变。

有时我们为了分析影片，会将单个画面独立出来，但进行镜头设计时必须同时考虑一系列镜头构图结构的整体性。同电影一样，动画片中的场面调度与"蒙太奇"密不可分——一个从空间、一个从时间，将不同的视觉元素组合成具有意义的叙事结构。所以，设计一场戏的场面调度时，要从大（整组镜头的蒙太奇组合方式）到小（单个镜头内的场面调度）来考虑其中视觉元素的安排。（蒙太奇的概念详见本书第六章）

范例：《海底总动员》《龙猫》（图3-10、图3-11）

思考与练习

1.请尝试安排演员的位置与动作，用DV拍摄，通过"静止的单个镜头"介绍以下内容：一个男生想搭讪一个女生，女生不想理他。

2.请利用"纵深镜头调度"的方法，介绍两个不同的角色。

图 3-10a

图 3-10b

图 3-10c

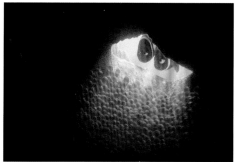

图 3-10d

图3-10 海底总动员

作为一部动画长片的开头，本片段在短短五分钟之内讲述了角色的前史，让观众理解角色性格转变的理由，为往后的剧情发展奠定了基础。本片段提供观众三个情节的线索：两条鱼的感情非常好、他们即将当爸爸和妈妈、雌鱼与卵被大鱼攻击。导演精心设计了一个可以完整讲述这三个情节的场景，角色在其中的动线不仅符合叙事的要求，而且加强了情绪的表达。

图 3-10e

图 3-10f

图 3-10h

角色调度：

角色调度与场景的设计密不可分，在这个场景中主要包含了三个部分，一是珊瑚，是两条鱼的家，二是珊瑚外广阔的海域，三是位于珊瑚下方的放置卵的岩石隙缝。在珊瑚中，两条鱼彼此嬉闹，粉色系的密闭空间给人十分安全的感觉，出了珊瑚，就是广阔的深海区，充满了新奇感和未知的恐惧感。两条鱼在第一次去看卵的时候，就通过动线向观众说明了场景之间的位置关系，等到两条鱼第二次游出珊瑚，看见大鱼时，雌鱼的第一个反应就是往下看，这时候观众已经明白她是想要保护她的卵。

图 3-10i

图 3-10j

导演将放置鱼卵的岩石设定在珊瑚的下方，不是偶然的决定，而是有叙事上和情感渲染上的作用。当大鱼来攻击时，雌鱼往下俯冲，雄鱼为了保护雌鱼也往下俯冲，被大鱼撞击后昏倒在珊瑚里。这些往下的动线比起其他方向来得更有力道。而在雄鱼醒来后，想要看看雌鱼与卵是否安全而从珊瑚往下游到放置卵的岩缝时，也因为这个"往下"的动线与视线，加强了其惶恐、悲伤的情绪。

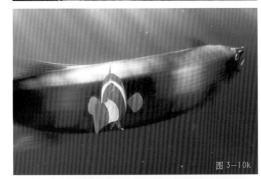

图 3-10k

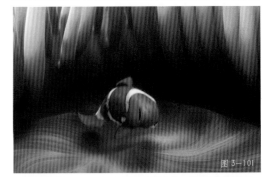

图 3-10l

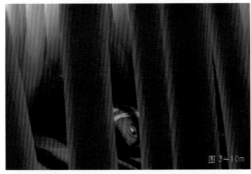

图 3-10m

图 3-10n

镜头调度：

镜头运动方式以配合角色的动线为主，为了加强戏剧性，应用了一些快切、动态模糊的效果。摄影机与角色之间的距离严格按照角色的情绪来设计，在悲伤的时候使用近景或特写，在一般情绪下使用中景或全景，在描述场景时使用远景。

图 3-10o

图 3-10p

图 3—11a

图 3—11b

图 3—11c

图 3—11d

图 3—11e

图 3—11f

角色调度：

　　姐姐在房间中奔跑，妹妹跟随其后模仿姐姐的动作，姐姐之间动作的差异表现了她们的兴奋心情，还有不同年龄的特点。在构思角色调度时选择让两姐妹在房子里奔跑，不只是为了强调她们的兴奋心情，也是为了向观众展示完整的场景，到最后姐妹们停留在阁楼的楼梯上——这个阁楼具有重要的意义，姐妹就是在那里发现了小煤球。影片从这个特殊的小配角出现后，开始有了奇幻的色彩。

图 3—11g

图 3—11h

镜头调度：

　　摄影机始终跟着姐妹的视点，带领观众认识这个新房子。因为是写实的影片风格，摄影机始终与角色保持一定的距离，像旁观者一样客观地观察角色的动作与情绪。

图 3—11　龙猫

　　本片段描述姐妹们初到新家，心情非常兴奋。情节本身并无特别的转折之处，但导演选择花费比较大的篇幅来描写，并充分利用场景空间与角色的动线来完成叙事，为画面增添了情趣。

图 3—11i

图 3—11j

第四章　色彩与光影

色彩／光影在动画片的制作流程中，属于前期美术设计的范畴，是决定影片视觉风格的重要元素，也是叙事的重要手段，镜头画面设计、场面调度以及剪辑等其他重要要素的安排都与色彩／光影的设计有关。

色彩／光影在视听语言中属于"感性的"视觉符号。创作一部影片的色彩／光影看似可以不经过谨慎的构思，可随意选择，也不至于妨碍叙事的逻辑，可是如此一来，创作者便放弃了一个绝佳的烘托气氛、渲染情绪的元素，因为人类天生就具备对色彩／光影的敏锐感知与联想能力。

色彩／光影在动画片中的运用原则，是"相对"的概念，比如浓郁的色彩、较萧瑟的色彩更吸引人的注意力，但如果影片大部分的内容都充满浓郁的色彩，那么少数萧瑟的场景反而令人印象深刻。同样的，光线强烈的画面不一定就是最显眼的，而是看怎么通过"对比"来强调画面中重要的元素。

色彩在动画片中是创作者主观的选择，利用不同的色彩可以传达多种寓意。在选择色彩前，创作者必须了解色彩对于人类视觉、知觉所产生的心理影响，这样才能通过色彩来加强情绪、渲染气氛，或作为一种暗喻，塑造影片整体的视觉风格。彩度高的色彩显得饱和、浓郁，造成一种热情奔放的视觉效果，彩度低的色彩则较为萧瑟、冷静。此外，在不同的民族与文化中，某些色彩则代表着特殊的含义，创作者应该作充分的调查研究，以便利用好这些色彩的使用规范。

光影的设计是根据情节内容，以生活中原有的光源为基础，再结合角色与场景的个别情况设计出的独特光线造型与气氛。光影设计的决定因素包括光源、方向、明暗、对比。在一部动画片中，光影的设计起到了暗示时间、塑造空间、渲染气氛、刻画角色等作用。

第一节
色彩设计概述

一、色彩的属性

动画片中的色彩属性与绘画的色彩原理相同。色彩的属性包括色相、明度、彩度。

色相（图4-1）：是色与色之间的主要区别，取决于射入人眼的光线的光谱成分，可分为有色系与无色系。无色系指灰、白、黑，彩色系指红、橙、黄、绿、蓝、靛、紫等。

明度（图4-2）：明度指色彩的明暗程度，也可称为亮度。黑与白是明度的两极，中间排列若干的灰色，色彩混合白色越多，明度越高，混

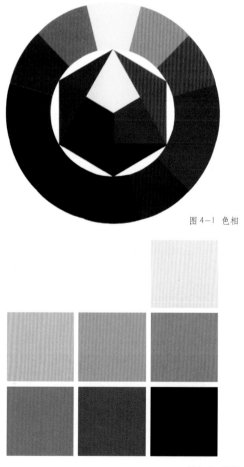

图 4-1　色相

图 4-2　明度

图4-3 彩度

合黑色越多, 明度越低。在黑白和彩色画面中, 明度的差别是构成黑白和彩色影像层次不可缺少的因素之一。

彩度 (图4-3): 指某一颜色与相同明度 (黑、白、灰) 的消色差别的程度, 也称作色纯度、饱和度、鲜艳度。一种颜色中的消色成分越大, 该色彩越不饱和; 含彩色成分的比例越大, 则越饱和, 越鲜艳。最饱和的色为光谱色。

二、色彩与心理的关系

动画片跟实拍电影相比, 更接近于 "表现主义" 的风格, 因为动画片中造型、场景的色彩 / 光影的应用, 可以根据创作者主观的喜好和叙事需要来创造, 也就是说, 在动画片中, 这些视觉元素不一定要符合真实的情况, 而是可以根据特殊的心理暗喻或戏剧含义来选择。

在影片当中大量运用色彩来传递情感、塑造气氛, 这在实拍电影当中可能被视为一种破坏真实的、实验性的、较前卫的做法, 但对于动画片的观众来说, 这是再自然不过的事了。色彩是所有视听语言元素中, 最不易被观众察觉, 却最能够在潜移默化中有效地渲染情感或营造气氛的元素。从历史上第一部动画长片, 迪士尼公司就开始利用色彩作为表达情感的语言。(图4-4, 图4-5)

色彩与人类的心理有着密不可分的关联, 从远古时代开始, 人们就习惯根据一些自然现象赋予色彩某些抽象的象征意义, 例如火的颜色是红色、橙色, 代表热情、危险、醒目、刺激, 而天空的颜色常常是蓝色、紫色, 代表平静、安宁、疏远。色彩具有强烈的 "情绪性", 传达的不是意识与理

性, 而是直接的、感性的表现力 (图4-6)。心理学家发现, 人们喜欢 "解释" 镜头画面中的构图线条, 却消极地接受了色彩, 也就是说, 线条常与 "名词" 相联, 色彩却常与 "形容词" 相联。

色彩被赋予的意义除了根据自古以来从自然现象中得到的联想之外, 也和不同民族自身的习俗与传统有关。例如白色, 它是阳光和雪的色彩, 在心理上给人明亮、纯洁、干净的感受。但在中国白色被用于丧礼, 以表达对死者的敬重, 而在西方白色则是新娘礼服的色彩, 象征爱情的纯洁。

色彩还能给人带来直观的生理感受, 也就是

图4-4

图4-5a

图4-5b

图4-4 白雪公主

从第一部彩色动画长片开始, 创作者就开始以色彩来区分角色的善恶、建立其性格特点。白雪公主的服饰以暖色系为主, 后母则以黑、深蓝等冷色系为主。七个小矮人则是彩度较低、对比较低的色彩搭配, 即使人数多, 在视觉上也不会给观众杂乱的感觉。

图4-5 狮子王

在动画片中色彩的运用十分自由, 创作者通常直接在不同气氛的场景里套用不同的色调, 最大程度地通过色彩来渲染情绪、建立气氛。其选择色彩的原理还是遵循色彩对于人类视觉、知觉所产生的心理暗示。

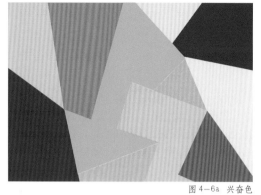

图4-6a 兴奋色

图4-6b 沉静色

图4-7a 暖色

图4-7b 冷色

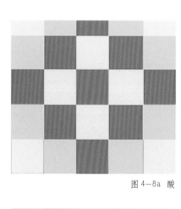

图4-8a 酸

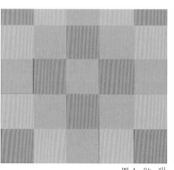

图4-8b 甜

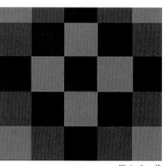

图4-8c 苦

图4-6 色彩的"情绪性"

图4-7 色彩的"冷暖感"

图4-8 色彩的"味觉感"

图4-8d 辣

图4-8e 咸

图4-8f 涩

图 4-9a

图 4-9 圣诞夜惊魂

　　"色彩气氛图"是以"场"为单位，一个场景绘制一张色彩气氛图。创作者将它们拼接在一起，以便观察段落之间的色调搭配、色彩选择是否顺畅。特定的段落是否选择了相应的色彩倾向？从整体来看，色彩选择是否过于繁复或单一？段落之间的情绪节奏是否平衡、顺畅？经过导演的修正和认可之后，"色彩气氛图"成为中期制作人员的参考资料之一。

图 4-10 玩具总动员 2

　　在场景、人物服装、化装、道具等的色彩设计上，刻意选用某一时代或是某一地区的流行色调，可以重建其特殊的时空氛围。

"冷暖感"。色彩的冷暖感来自于人的真实生活经验，如红色的太阳、火焰的温度很高，因此人们在看到红色时，会感到温暖；蓝色的海洋温度很低，人们在看到蓝色时会感到寒冷（图4-7）。色彩还能带给人"空间感"，这和热胀冷缩的道理相同。暖色系给人一种扩张、推进的感觉，冷色系则给人一种缩小、退后的感觉。与生活中的经验相联系，色彩还能带给人们其他直观的感受，例如重量感、软硬感、味觉感以及某种情绪的暗示（图4-8）。

图 4-9b

三、色彩在动画片中的功能

　　一部动画片的色彩构成包括了人物与背景的色彩造型、单个镜头内的色彩分布、镜头与镜头／场景与场景之间的色彩变换、有特定含义的色彩细节等。色彩构成的特征形成所谓的"色彩基调"，它决定了整部影片的总体颜色倾向及其运用规则。

　　导演可以通过"色彩气氛图"来判断各场景之间的色彩倾向。把多张色彩气氛图并列在一起，可以检查影片整体的情感气氛，色彩对比是否平衡（图4-9）。色彩的强度是相对的，如果影片色彩的总基调是黑白的，其中采用少量的彩色画面可以成为目光焦点；反之，如果全片的基调是彩色的，那么少

图 4-10

图 4—11b

图 4—11 狮子王

正面形象通常选择暖色系的"光谱色"，给人鲜明、稳重的印象，而反面角色则常选择冷色系或彩度较低的色彩。

图 4—12 小美人鱼

在叙事动画片中，正面与反面角色形象的色彩选择，绝不仅是要追求美观而已，创作者必须在短时间内建立起角色在观众心里的善恶差异，因此我们可以发现，绝大部分的反面角色的形象以冷色系的黑、灰、深蓝色为主，正面角色的形象则以暖色系的红、黄、橙色为主。

图 4—13 怪物史莱克

本片几乎对所有元素进行了颠覆。主角史莱克的形象是荧光绿色，在其他动画片中十分罕见，不过，虽然创作者为主角设定的不是暖色系或光谱色，但仍是十分鲜明的色彩。当所有主要角色排列在一起的时候，我们可以发现其创作规律：两个主要角色史莱克和公主属于同一色系，给人柔和、协调的视觉感受，而反面角色则是与其相对的对比色。

量的黑白画面会比彩色部分更令人印象深刻。

展现故事的时代背景：展现影片的时代背景是色彩在动画片中的基本功能。在场景、人物服装、化装、道具等色彩设计上，刻意选用某一时代或是某一地区的流行色调，可以重建其特殊的时空氛围（图 4—10）。

形象识别：色彩与心理的关系是进行角色设计时一定要考虑的因素，正面形象通常使用光谱中的暖色系，给人鲜明、稳重的印象；反面角色则常选择冷色系或是饱和度较低的色彩（图 4—11），而正面角色与反面角色之间的色彩对比，暗示并加深了两者之间善恶的差异（图 4—12）。

进行前期角色造型设计时，应该先决定主要角色的色彩或色系，再进行配角的色彩设定。根据配角的性格、戏份、动作内容、与主要角色存在于同一镜头画面的数量等，来决定其色彩选择（图4—13）。

在色彩选定的创作过程中，没有绝对的标准答案，评断的标准除了是否能通过色彩更好地暗示角色的性格与命运之外，就是主观的"是否赏心悦目"，因此色彩的选定也反映了造型设计师的艺

术品位，还有影片创作者所在地区与时代的主流喜好。

表达情绪：在动画片中，色彩的使用非常自由。动画片中通过色彩的变化来表达情绪或渲染气氛，较实拍电影容易得多。在动画片中最常使用的方法，就是选取具有鲜明象征意义的色彩来将角色的情绪"具象化"，或利用冷色调、暖色调的

图 4—12

图 4—13

图4-14a

图4-14b

转换来进行气氛的渲染（图4-14）。

建立影片的美术风格：当影片中色彩的选择脱离真实参照物的面貌，并具有某种主观倾向时，色彩成为影片"风格化"的工具。比如表现主义风格的动画片选用对比强烈、具有象征意义的色彩；温馨小品风格的动画片选用柔和、彩度低、对比低的色彩。动画片同时兼具电影与绘画的艺术表现力，色彩是线条造型之外建立美术风格最重要的视觉元素。

一、光影的设计

光影的设计是以剧本的情节内容为基础，以在现实情况中存在的光源为依据，结合场景设计的个别特色，设计出场景中光线的造型与气氛。

光影设计的具体内容包括：主要光源、表现的时间、色温、人物的主光与副光、光线的分布、光线的方向、最高亮度的光线、最低亮度的光线。

动画片中的光影设计多半来源于对真实世界的模仿，以便让观众通过亲身经验的联想融入情境当中。光线的来源主要分为自然光（日光或月光）和人造光（灯光）。自然光会根据表现时间的不同、天气的不同、光线照射的角度、被照射物的反光程度等因素的不同而形成多种光线下的造型（图4-15）。人造光的设计则可以更加自由、主观、富有想象力。

从光线来源的方向上，一般可分为顺光、侧光、逆光、顶光。顺光是光线从角色或物体的正面照射，可以把角色或物体完全照亮，是影片中最常使用的光线方向。如果顺光的光线太强，则会使被照物变得平板，为了增加立体感，通常还会在其侧面与背面补上侧光和逆光。只以侧光或逆光来照射一个角色或物件时，通常具有特殊的叙事目的，

图4-14 海底总动员

　　当两个角色在彼此嬉闹时，整个场景是明亮的、以暖色系为主的色调，而在遭受大鱼袭击之后，场景变成一片漆黑，色彩极其压抑，强化了角色内心的哀伤情绪。

图4-15 和尚与鱼

　　光影的深浅、明暗、分布方式，可以暗示情节发生的时间。如果将光影效果再加以夸张、扭曲，则可制造特殊的情绪或视觉风格。

图4-15a

图4-15b

这种违背多数观众视觉经验的布光法，会带给人一种诡异、悬疑、恐惧的心理感受（图4-16）。尤其是逆光，因为突出了角色或物体的轮廓，但具有重要信息的正面却隐没在黑暗中，因此更产生一种神秘、危险的气氛。顶光则类似于阳光的照射，可以用作强调角色或物件的动作、位置，或塑造一种神圣、伟大的氛围。

二、光影在动画中的作用

塑造空间

塑造空间是光影在动画片中最基本的作用，最简单的方式就是通过光来照亮场景。通过光的来源、角度、色温、强弱，以及光线照射在物体上所折射出的明暗分布、层次、色彩等变化，可以增加场景的空间感、立体感，并清楚地表现场景的结构与层次。（图4-17）

有时候，"影"比"光"更加重要，因为人们会对看不清的东西更感兴趣。如果将一个场景的光线全部打亮，即使其中的细节描绘得很细致，这个场景对观众而言缺少了神秘感和关注的重点。

营造气氛

图4-16

观众在看镜头画面时，会因为其光影设计而产生某种特定的视觉、心理感受。在构思如何利用光影营造气氛时，可以先根据剧本，确定该场景发生情节的具体环境、气候、时间等因素。环境可分为外景和内景，外景如阳光、月夜、雷雨、晨雾、暮霭等，内景如清晨透亮的曙光，正午强烈的日照，傍晚昏黄的光影，夜晚柔美的人造光等。适当地选择时空背景会因为其光影造型的特点，增加画面的意境与情调，以便"借景抒情"，加强角色内心情

图4-16 手

只以侧光或逆光来照射一个角色或物件时，通常具有特殊的叙事目的，这种违背多数观众视觉经验的布光法，会带给人一种诡异、悬疑、恐惧的心理感受。

图4-17 钟楼怪人

塑造空间是光影在动画片中最基本的作用。通过光的来源、角度、色温、强弱，以及光线照射在物体上所折射出的明暗分布、层次、色彩等变化，可以增加场景的空间感、立体感，并清楚地表现场景的结构与层次。

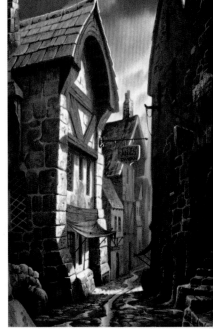

图4-17a

图4-17b

图 4-18

光影设计的主要功能之一就是营造气氛。适当的时空背景会因为其光影造型的特点，增加画面的意境与情调，以便"借景抒情"，加强角色内心情感的表达。

图 4-18 小鸡快跑
外景，光源：月光。气氛营造：浪漫、抒情。

图 4-19 机器人嘉年华
内景，光源：闪电。气氛营造：诡异、不安、疯狂。

图 4-20 龙猫
内景，光源：日光灯。气氛营造：安静、温馨。

图 4-21 复活
黑暗象征着神秘、不安，运用特意设计的阴影与强烈对比的光影效果，可以让观众无法直接识别某些带有威胁的角色或物件，使画面产生一种危机潜伏的悬疑感。

感的表达。(图 4-18 至图 4-20)

制造悬念

黑暗象征着神秘、不安，运用特意设计的阴影与强烈对比的光影效果，可以让观众无法直接识别某些带有威胁的角色或物件，使画面产生一种危机潜伏的悬疑感。(图 4-21、图 4-22)

图 4-19

图 4-20

图 4-21

图4-22

图4-23

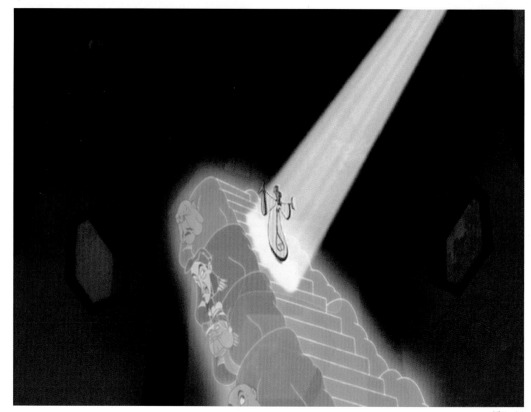

图4-24

图4-22 机器人嘉年华

　　光源从角色的背面或下方照射，会在角色的身上产生特别强烈的阴影，造成一种诡异、恐怖的视觉效果，在惊悚的、恐怖的片段中常使用这种不寻常的布光方法。

图4-23 狮子王

　　夸大光照的强度或照射的角度，可为角色的身份地位、内心情感的表现增加戏剧性的效果。

图4-24 花木兰2

　　动画片中的光影设计有时如同戏剧舞台上的灯光设计，除了照明之外，更重要的功能是"聚集观众的目光"。如同使用"聚光灯"的效果，用最夸张的形式来突显角色的动作并吸引观众的目光。

刻画角色

　　照射在角色身上的光影，其基本作用是用来突出和塑造出造型的线和面，创造出角色形体的深度与体积感。

　　在一些特别的情况下，夸大光照的强度或照射的角度，则可为角色的身份地位、内心情感的表现增加戏剧性的效果（图4-23）。

突显动作

　　动画片中的光影设计有时如同戏剧舞台上的灯光设计，除了照明之外，更重要的功能是"聚集观众的目光"。尤其是偏向表现主义风格的动画片，会通过制造戏剧化的光影对比，来使观众的注意力集中在重要的细节上（图4-24）。

思考与练习

　　1.同样是发生在晚上，爱情戏和谋杀戏的灯光设计会有怎样的不同？

　　2.关于色彩的联想：请对不同的色彩设计出相对应的情景：绿，紫，黑，白，粉红，并说明原因（例如红色／死亡／鲜血）。

第五章　声音设计

"动画视听语言"，顾名思义是动画片中画面与声音艺术表现手段的总称。声音设计在一部动画片中的重要性不亚于画面设计，却常被创作者所忽略。

与实拍电影相比，动画片的声音设计承载了更多的任务，也有更自由的再造空间。许多时候观众是由于声音而相信画面的真实性，就算画面呈现的是天马行空的幻想，也能经由声音创造出真实感。

声音设计的具体内容：配音、音效、音乐。

配音的选择与表演决定了一个动画角色是否具有生命力。在"前期录音"的工作流程中，角色的造型与动作设计从配音演员的表演中得到创作的灵感。"后期配音"则要寻找有着和角色相称的声音特点的配音演员。无论是哪种工作流程，"为角色添加吸引力与魅力"是配音工作追求的目标。

配音的基本内容包括角色的对白、旁白，除了传达语言之外，还有塑造人物个性、延展银幕空间、推进剧情等作用。

音效的主要功能是"模拟真实"，其中包含了通过声音模拟"环境真实"和"心理真实"。

"环境真实"是指进行音效设计时，录音师根据场景中情境所需，通过各种技术手段尽可能地实地收集各种声效，包括环境声、角色动作的效果声和特定事物的声音。通过这些声音可以表明故事发生的时间及地域，或暗示镜头外的环境。例如当听到海浪声时，观众会感觉到故事发生在海边；听到车辆行驶的嘈杂声时，则会感觉到故事发生在大城市。

"心理真实"则是根据剧情的需要，在场景中写实的声音之外加入主观的创造。例如在一个安静的空房间中，加入心跳声、时钟声或是远方的狗叫声来增加悬疑感。

音乐的风格与节奏是一部动画片的时间配置基础。

音乐的创作根据是剧情与画面分镜头上标示的时间，还有创作者对情节及角色情绪、气氛的理解。在动画片中，音乐可作为一种强势的叙事工具，直接通过旋律与歌词来推进剧情的发展。作为"配乐"，音乐则是与影像并行的一种叙事元素，主要目的是渲染情绪，增加气氛。

动画片中声音与画面的结合方式有音画同步、音画对位。

音画同步是指声音的处理与画面的内容相匹配，包括环境中有音源的声音、动效、角色对白等；

音画对位是指声音的处理不严格遵循画面的内容，而是根据创作者对于剧本独特的理解，在听觉上进行再创造，为观众提供更多的联想空间。

第一节
声音设计的内容

动画片的声音设计内容有配音、音效和音乐。

动画片的声音设计受到影片内容、影片风格、影片形式等因素的影响。

写实风格的动画片，以真实为依据来仿制声音，让观众仿佛置身于故事发生的真实环境之中。为了保持风格的统一，此类影片应该尽量避免使用夸张、强化等声音再造手法。

表现主义的动画片，其声音处理是通过创作者主观的选择与再造，以虚拟或借用的声音来强化观众的情绪反应。

此外，许多动画片甚至以声音为创作的出发点，从声音中得到创作画面的灵感，例如加拿大国家电影局的《Synchromy》(图5-1)、迪士尼的《幻想曲》(图5-2)。在这类影片当中，主导影片风格与画面构成的是声音而不是画面。

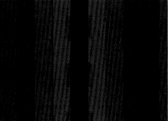
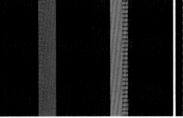
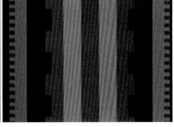

图5-1

图5-2

一、配音

　　配音是指声音设计中以人声录制的部分，依照其在叙事方面的功能分为对白、旁白、音效模仿。

　　配音与音效最基本的功能是建立角色以及场景的真实性，并通过声音的表演演绎角色的性格与表现动作效果。

　　对白：在叙事类的动画片当中，角色的语言是为了构成故事的发展和矛盾冲突，因此对白是此类影片中比例最大的声音内容。

　　配音演员的合适与否会直接影响动画形象在银幕上的效果。优秀的配音不但可以使动画角色变得栩栩如生，还可以赋予角色更丰富、多面的性格表现。美国动画片的制作模式是先录制对白，动画师再根据配音演员的声调、外形特点与角色的性格，创作出角色的最终形象和动作设计，让角色的外形与声音更加紧密地结合在一起。这种动画制作模式充分显示了声音对于一个动画角色的重要性。在动画史上，甚至有许多动画形象是因为其声音的特点而永远留在观众的心中。(图5-3、图5-4)

　　录制对白时，除了通过声调、语气、语速等表现角色的性格与情绪之外，还要注意声音的空间感与距离感的表现，这是对白的另一个重要功能——建立环境的真实感。例如一个人在教室里讲话和在森林中讲话的声音效果是完全不同的，如果在影片当中的声音设计没有做出符合环境的空间回响，那么角色将会显得与环境格格不入；一个人喘息的镜头通过特写来表现和通过全景来表现，其声音的距离感也是完全不同的。在录制配音时，为了表现空间的质感，应该利用调整配音演员的音量、音色、录音角度等方法，让观众更加信服角色的存在。

　　旁白：动画片中的旁白通常分为两种，一种是由角色自己的声音来诉说，又称为"内心独白"，功能为帮助叙事或作为角色内心情感的表达；另一

图5-3

图5-4

图 5-5

图 5-6

种是由其他角色或非剧中人物的声音来诉说，这种方式类似于旁观者向观众讲述故事，功能为渲染气氛、强化情绪、连接蒙太奇段落，作为画面叙事的补充等（图 5-5）。

音效模仿：以人声来模仿音效，从而产生一种趣味性与新鲜感（图 5-6）。

二、音效

音效是除了配音和音乐之外所有声音设计的统称。

在声音设计中，音效不只是仿照画面上出现的事物，而且是作为叙事元素纳入影片的结构中，成为艺术创作的手段之一。从迪士尼第一部有声动画《蒸汽船威利号》开始，动画创作者们便发现了音效对于增加动画的趣味与想象空间具有重要的作用（图 5-7、图 5-8）。许多动画片的内容为天马行空的虚拟世界，从角色、场景、动作设计到情节，都是真实世界中不存在的，但是这并不妨碍观众的接受，这种画面的自由更给了创作者机会，使他们得以借由音效设计来恣意挥洒创意。

动画片音效的制作工作是否与情节相符并不重要，重要的是最终效果是否满足甚至超出了观众的想象。实地收集的声音只是音效的一部分，更多的音效是录音师在专业录音室中利用各种工具制造而来，如此得来的音效在银幕上依旧能达到逼真的效果，例如用晃动铁片的声音代表打雷、用摩擦纸片的声音代表风声。

如果选择自己来制作音效的话，要先掌握音效在影片中的作用与影片整体的风格：写实风格的影片中不该有过于夸张、变形的音效声，并且应该配合画面的需要制作细致的音效，不能有所遗

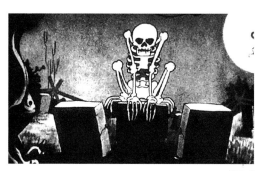

图 5-7

图 5-5　雾中刺猬

本片的故事、画面风格都极具俄罗斯民族特色。用非剧中人物的声音作为旁白，类似旁观者向观众讲述故事的方式更强化了本片的童话风格。

图 5-6　熊

本片由一个配音演员诠释所有的音效，和画面中由剪纸制作的动画效果相配合，产生独特的、质朴的视听感受。

图 5-7　骷髅之舞

本片以骷髅跳舞为主题，表现了各种各样骷髅把身上的骨头当作乐器的创意。迪士尼早期动画短片的特点之一，就是声音和影像的紧密结合。这跟有声时代初期观众对电影声音充满新鲜感有关，但也因此给后来的动画师们留下了许多动作设计的宝贵经验。

图 5-8　蒸汽船威利号

从迪士尼第一部有声动画《蒸汽船威利号》开始，动画创作者们便发现了音效对于增加动画的趣味与想象空间具有重要的作用。影片中绝大部分的情节都与音效有关，将场景中可想到的道具、道具可能发出的声响发挥得淋漓尽致。

图 5-8a

图 5-8b

图5-9

图5-10

在大部分的叙事动画片中，音乐几乎贯穿整部影片，配合剧情的演进起伏跌宕。而在许多艺术动画片中，甚至没有对白，完全靠音乐来叙事和达到抒情效果。

图5-9 欢乐街

图5-10 对话

图5-11 狮子王

抒发感情的音乐：无论主角是人类或是拟人化的动物、物件，当两者彼此眼神对视，音乐响起的那一刻，我们就知道"他们坠入爱河了"。没有比音乐更适合表现爱情这种微妙情感的传播工具了。

图5-12 汽车总动员

漏。在幻想式的影片中，则不必严谨地追求音效的真实性，经由联想、夸张来创造别具特色的音效是这类影片音效设计的特点。

三、音乐

在默片时代，多数电影的音乐是在放映现场由乐队或演奏家根据画面的内容和节奏即兴演奏

的。电影音乐加强了影片的节奏，丰富了情节的情感气氛，微妙而又直接地操纵着观众的情绪。音乐的存在加强了影片的流畅感，给予电影更感性的诠释，直到今日，这还是所有的影视音乐最重要的功能。

在大部分的动画片中，音乐几乎贯穿整部影片，配合剧情的演进起伏跌宕。例如在迪士尼的动画片中，音乐和歌舞就是不可缺少的叙事元素。音乐在影片中分段表现、间断出现，段落的长度和曲式结构受到画面的制约，其创作构思必须以影片的题材内容、样式结构、艺术风格，以及导演的整体构思为依据，并承载叙事、渲染气氛甚至升华主题的作用（图5-9、图5-10）。

镜头画面可以具体地表述情节，音乐则主要表现人的内在情感，当两者相结合时，音乐通过它的独特作用强化了画面的感染力和概括力，画面则赋予音乐以具体性和确定性。有声源的音乐可以增加真实感，无声源的音乐可以衬托影片内容，增强艺术感染力。

动画片音乐的几项主要功能：

1.抒发感情：有人说过，音乐是世界上语法最丰富的语言，因为通过音乐可以传达人们各种细腻、微妙的情绪及心理变化，可以表达许多无法以语言来定义的抽象感受。（图5-11、图5-12）

2.渲染气氛：音乐能为影片创造一种特定的背景气氛，给予画面特殊的情感基调。有些音乐只

图5-11

图5-12

图 5—13a

图 5—13b

图 5—14a

图 5—14b

图 5—13 狮子王

渲染气氛的音乐：当森巴发现父亲倒地不起的时候，悲伤的音乐缓缓地响起，随着森巴发现父亲已经死去，音乐的旋律也随之加强，催人泪下（图 5—13a）。等到刀疤命令豺狼跟踪森巴的时候，音乐瞬间改变，气氛也从悲伤转为紧张（图 5—13b）。音乐在观众不知不觉的状态下，强势地控制了整场的情绪气氛。

图 5—14c

图 5—14d

图 5—14 冰河世纪

渲染气氛的音乐：在长毛象发现墙上壁画的那一刻起，抒情的音乐缓缓响起，伴随着想象中大象的叫声，重现了主角隐藏内心已久的回忆。镜头转向人类的小孩，他天真无邪地向长毛象伸出手。在犹豫了几秒钟之后，长毛象将小孩抱了起来，眼中含着泪水。我们因此明白，长毛象和人类曾经有着血海深仇，这是为什么他之前对人类的小孩十分排斥，但现在他和小孩产生了情感，他决定忘掉仇恨。这一切复杂的情感变化，在短短的 40 秒镜头中表现，如果没有一段抒情的音乐渲染气氛，是不可能在这么短的时间之内调动起观众的情绪的。

图 5—14e

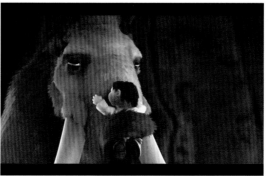

图 5—14f

图5-15a

图5-15b

图5-15 花木兰

塑造角色的音乐：动画片的节奏一般比较轻快，通过音乐的手法来塑造角色的性格，类似于歌舞片的手法，不但可以伴随着歌曲的旋律顺畅地完成叙事，还可以达到娱乐的效果。

花木兰在相亲失败之后，失望地回到家中，一首叫《倒影》的歌曲道出了她内心的矛盾和对真正自我的期望，建立了她后来替父从军的动机。观众从这首歌开始才真正进入了花木兰的内心世界。

图5-15c

图5-15d

图5-16 平衡

表现创作者态度的音乐：选用风格化的音乐来暗示创作者的感受，这种情形在艺术动画片中比较常见。这类配乐的情绪倾向比较鲜明，例如在本片中选用单调的单音，在异世界的空间中回响，衬托出角色们内心的空洞、冰冷与自私。

图5-16

为影片的局部段落渲染气氛，有些音乐则是细致入微地为影片创造一种总体的气质。（图5-13、图5-14）

3.塑造角色：许多动画片利用歌曲来介绍人物。通过优美的旋律、抒情的歌词，在短时间之内将角色的主要性格和梦想传达给观众。在这种歌曲当中，歌词相当于台词的功能，甚至比台词更加重要，因此在创作剧本时就要考虑到哪些段落使用什么样的歌曲来叙事。（图5-15）

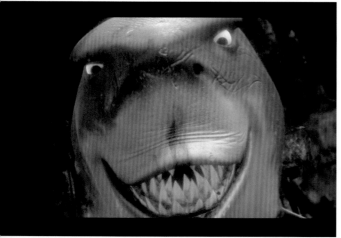
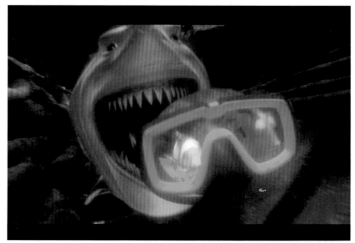

图5-17a

图5-17b

图 5-18a

图 5-18b

图 5-18c

4.表现创作者的态度：在影片中用音乐来表达创作者对角色和事件的态度，如歌颂、同情、哀悼、讽刺等。在这种情况下，音乐作为影片的一种特殊旁白，含蓄地向观众陈述着创作者的评价。（图 5-16）

5.加强动作段落的效果：对画面中富于动作性的事物或情景，通过相应的音乐手段加以描绘，而形成一个完整的段落，如飞翔、追逐

6.推动剧情发展：有的音乐直接参与到影片的情节中去，成为推动剧情发展的一个元素。迪士尼的动画片便有这样的传统，其特点就是将音乐、歌词、舞蹈结合起来形成一个乐曲化的叙事段落。（图 5-19）

7.加强结构的连贯性：用音乐衔接前后两场或更多场戏。同一事件、不同时间的若干组画面的交替，或同一时间、不同事件的若干组镜头的交替，形成一段完整的"蒙太奇段落"。（图 5-20）

8.形成影片风格：通过音乐所表现出的时代特征、民族特点、地方色彩、意境、格调等不同的特点，塑造或强化影片的整体风格。（图 5-21）

第二节
音画关系与应用

音画关系指音乐与画面在影片中的结合方式。

声音是听觉元素，镜头画面是视觉元素，声音与画面会以不同的形式结合在一起，构成"声画蒙太奇"。当以上所述这两种不同创作目的的声音设计与画面结合在一起时，就产生不同的音画关系，可分为"音画同步"和"音画对位"两种形式。

"音画同步"是指音源出现在画面当中，与画面中的内容相符合，其声音设计的目的是加强内容的真实性或强调画面中的某个细节；"音画对位"是指音源与画面无直接因果关联，声音不完全匹配画面中的内容，甚至是矛盾、对立的，其声音设计的目的是反映角色内心的情感，或表达创作

加强动作段落效果的音乐：和一些商业电影一样，动画片中有一些动作段落，本身的叙事性并不强，主要就是为了展现精彩的动作或特殊视觉效果，观众在看这种段落的时候，可以不用花费脑力思考剧情的发展，只需轻松地享受这紧凑的视听盛宴。

图 5-17 海底总动员
《海底总动员》中，鲨鱼想要和莫林、多丽交朋友，但闻到血的味道时又恢复食肉动物的本性。从血丝漂到鲨鱼面前这个镜头开始，节拍强劲的音乐响起，鲨鱼对两条小鱼展开了追杀，一直到鲨鱼被困住为止，紧张气氛的音乐才停止——这也代表两条小鱼逃过了这场危险。

图 5-18 冰河世纪
《冰河世纪》中，一行人来到冰山洞之中，突然人类的小孩掉入一条滑梯。此时响起进行曲风格的轻快音乐，剧中人物开始在冰山洞中进行一场刺激又可笑的滑冰游戏，音乐一直到大家滑出洞外才止，形成一段精彩而完整的动作段落。

类似的加强动作段落效果的音乐，因为惊险、刺激的视听效果，时常被运用在影片的高潮段落，例如《怪兽电力公司》的输送带追逐戏、《酷狗宝贝之魔兔诅咒》的蔬菜大赛对决。

图 5-19 狮子王
推动剧情发展的音乐：音乐可以直接参与到剧情叙事当中，作为前后情节连接的手段。森巴和娜娜偷偷溜到大象墓园，通过召集众多动物表演一场热闹的歌舞，既说明了自己迫不及待成为森林之王的心情，又戏弄了鹦鹉并趁乱逃走。这段音乐在情节上完成了承先启后的作用。

图 5-19a

图 5-19b

图 5-20a

图 5-20b

图 5-20c

图 5-20d

图 5-20e

图 5-20f

图 5-20 花木兰

　　加强结构连贯性的音乐：在一首三分钟的歌曲联结之下，表现了多线的剧情发展，包括士兵由业余到专业、木兰由被欺侮到受尊重、整个军队由松散到团结。

图 5-20g

图 5-20h

图 5-21

者主观的思想内涵。

一、音画同步

　　音画同步是叙事动画片中最基本的音画结合方式，目的是让观众能够相信影片中角色与场景的存在，进而融入剧情发展感受其中的情感与气氛。

　　为了忠实反映画面中所呈现的内容，进行声音设计时要明确依照画面中存在的音源来收集或制作声音，最后再将各种声音整合在一起，精准地和画面的动作节奏配合，使声音和画面同时被观众"看到"和"听到"。

　　制作动画片时，第一步严格要求音画同步的就是"对白"的部分。以美国动画片为例，动画师以前期录制好的对白为依据，测量其关键动作的帧数，再绘制出角色的口型，以达到角色动作与对白精确吻合的效果，使角色的形象更加灵活生动。如果采用的是后期配音的方式，则是录音师和配音演员在专业录音室，根据银幕画面中不同的情境、节奏、音调来同步进行声音的创作。

　　音画同步虽然要求声音设计内容要与画面内容一致，但在某些复杂的场景中，完全按照画面出现的事物来设计声音，可能会造成嘈杂、混乱的效果，因此声音的内容还是要依据情节的重点、事物的远近层次来做选择性的表现。（图 5-22）

图 5-21 哪吒闹海

　　从中国京剧中得到设计灵感的动作设计加上中国民乐的配乐，使得本片成为传承"中国学派"民族特点的经典之作。

图 5-22 怪物史莱克

　　动画片不是纪录片，不讲究完全仿照真实，因此在"音画同步"的情况下，还是会依照剧情的需要对声音作一些夸张的处理。穿靴子的猫攻击史莱克和驴时，为了加强这只体形弱小的猫的威力，将他的吼叫声和伸出猫爪时的尖锐声音做了夸张的处理（图 5-22a、图 5-22b），这只猫擅长用无辜的眼神蛊惑别人，当一群士兵跑向他后，为了强调他楚楚可怜的眼神的"震慑力"，现场顿时变得鸦雀无声（图 5-22c、图5-22d）。

图 5-22a

图 5-22b

图 5-22c

图 5-22d

图 5-23

图 5-24

事目的。

音画对立：是指声音设计与画面在情绪、气氛、节奏和内容上所表现的含义完全相反或毫无关联，以此达到一种反讽、省思、荒谬的效果。

这种音画结合的方式最大限度地体现了声音设计的戏剧性功能，通过联想、明示、象征、隐喻等手段，表达创作者对于情节或角色的评价或立场。例如在表现战争的场面却配上优美的交响乐。

思考与练习

1. 节选动画片中的一个片段，分析其中声音设计的内容和作用。

2. 尝试在看动画片的时候，将声音关闭，设想此时的影像应该配合上什么样的音乐或音效。

3. 联想练习：在影片中为了增加效果，音效的设计实际上与真实的声音有所不同。请尝试将以下动作配上适当的音效：a.凶狠地瞪眼；b.妩媚地眨眼；c.生气地捶打墙壁；d.蹑手蹑脚地走路。

图 5-23 冰河世纪

"音画对位"指的是根据对画面的联想来"再造"声音。长毛象与剑齿虎在冰山洞中滑行，滑行的跑道和赛车的跑道很相似，当两者互相对望之后产生了竞争感，此时配上赛车引擎的声音，使得原本在冰山洞里的滑行段落更添趣味。

图 5-24 小姐与流氓

当镜头移到床边的器具时，玻璃因为反光发出亮光，此时配上清脆的响声，夸大表现了器具对于小狗的吸引力。

二、音画对位

音画对位是动画声音设计中一种特殊的艺术表现手段，在同一时间内让声音与画面作不同面向的表现，两者形成"对位"的关系，对影片作出多重的阐释、象征或隐喻。音画对位又因为音画之间表述含义的相同与否分为"音画并行"与"音画对立"。

音画并行：是指声音设计不是具体地符合画面的内容，但也不是与画面处于对立状态，而是进一步表现影片的思想内容和人物的情绪状态，在听觉上给观众更多的联想空间。例如在两个角色争吵的场面中，配上野兽吼叫的声音；当角色坠入爱河的时刻，响起教堂的圣乐（图5-23、图5-24）。

如果声音的内容在之前的情节出现过，再次出现是为了提示观众目前情节与之前的关联性，或重现某种回忆或思绪，以声音达到"闪回"的叙

第六章　剪辑

剪辑，是剪接与编辑的总称。剪接是指把镜头组接在一起，编辑则包含了设计与构思。

剪辑在制作流程中属于"后期"阶段，但事实上剪辑的构思在前期分镜头设计时就已经确定。

实拍影片在拍摄阶段可以尝试许多不同的想法，到了剪辑时，再根据导演的需要选择最合适的片段作排列组合。动画片则因为参与人员众多、流程繁复、制作时间长，不容许随意更改，因此动画片的镜头内容与顺序必须严格遵守前期的分镜头台本，在后期剪辑时则是单纯地"将完成的镜头组接起来"。

一部动画长片是由上百个镜头，甚至是上千个镜头所组成的，镜头之间怎么衔接、段落之间怎么转换，直接决定了影片的叙事与风格。剪辑体现了导演对一部影片的整体控制能力，涉及单个镜头画面的设计、段落间气氛与节奏的变化、影像与声音的结合等。

剪辑的目的首先是"连戏"，其次是使视听产生某种表现力，寻求某一种有效的、特殊的"叙事"方式，再次是控制影片的"节奏"，进而达到烘托气氛、表现情绪的效果。

剪辑手法依目的大致分为以下几种方式：

连戏剪接是将角色动作、剧情进展依照时间的顺序连接起来的技巧。在进行连戏剪辑时，必须注意几项设计要点，包括如何在一个完整的动作中选择"动作剪辑点"，如何通过位置、动作、视线的匹配来达到连戏的效果，如何完成动/静镜头之间的转换等。

蒙太奇是早期以苏联电影艺术家为首的电影美学流派，现在则成为电影的一种独特的语言方式及语法规则，其原理是利用人类善于联想的感知能力，使独立的镜头在连接之后产生新的意义。

转场指的是"不同场景之间镜头的转换方法"。一部影片的最小组成单位是"镜头"，在同一个场景之内的镜头组称为"场"，场与场之间的转换则称为"转场"。因为在摄影机的移动方式与构图设计上不受硬件技术限制，因此富有创意与视觉震撼效果的转场方式成为动画片独特的艺术表现手段。

特殊速度表现是通过改变人/物的正常速度，从而得到一种特殊的叙事目的、视觉效果或心理感受。

第一节
连戏剪接

根据影片的整体风格和导演的特殊意图，剪辑的目的一般有两种，一种要达到"顺"的效果，一种要达到"跳"的效果。

"顺"的效果就是让观众忽略剪辑的存在。在现实生活中，人们观察世界是"不分镜头的"，我们的眼睛不停地注视着周遭的变化，但电影是有时间限制的艺术，这就需要打破人类观察世界的方式。我们不停地打破时间的统一性，但又要对观众掩饰这种破坏，这样才能不影响观众对情节的理解和接受。

"连戏剪接"的镜头设计原则是：将角色动作、剧情进展依照时间的顺序连接起来，满足观众"知"的欲望，并巧妙地隐藏两个镜头之间衔接的点，避免剪接可能分散观众的注意力，让观众仿佛也身处场景之中，体验情节所带来的情绪与气氛。

在实拍影片中，通过多台摄影机的拍摄，可以得到同一动作、不同角度、不同景别的画面，将这些画面分切后，再按照时间顺序剪接在一起，就完成了所谓"连戏剪接"。

要使"连戏剪接"的镜头之间转换流畅，镜头内容的安排要延续观众的好奇心，原则就是在观众需要看到的时候，给他们看"该看到"的东西。进行"连戏剪接"时，巨细无遗地呈现所有动作的细节不是最重要的，更多时候为了突现重点或使影片的节奏更加顺畅，创作者会删减其中琐碎的细节，但仍保有动作的完整性，给观众一种"整件事件是依照真实的时间在进行的"错觉。

要达到满足观众"知"的欲望的效果，其镜头组接的顺序应当符合人类的生活经验与知觉规律。例如我们在观察一件事物时，会逐步地环顾这个空间或物件的整体，接着才是局部，直到发现重要物件；或者反之，先发现重要物件，接着再审视它所处的环境。转换成镜头的设计，也就是先全景、后近景局部、再到细节特写；或者反之。

"跳"的效果是与"连戏剪接"相对的"跳接"（Jump Cut），也就是刻意地将不连贯的动作组接起来或是将内容、景别相似的镜头组接起来，造成一种视觉上的跳动感。"跳接"的强烈形式感会使观众一下子跳离出剧情，形成一种形式感、表现力和情感上的疏离，在实验性较强的影片中较常使用。

那么，如何设计出流畅的"连戏剪接"效果呢？

1. 在一个完整的动作中选择"动作剪辑点"

要通过多个镜头的组接达到动作连续的效果，首先考虑的是"如何将此动作分解、再现"。

在实拍影片的拍摄过程中，如果要达到连戏的效果，应该在两个镜头中保持表演的一致性，以便在剪辑时找寻恰当的"动作剪辑点"。而动画片的镜头画面在分镜设计阶段就要确定，这更加考验创作者设定动作剪辑点的功力。

设定动作剪辑点的原则是"在观众注意力转移的时候切换镜头"，这是为了在观众未察觉的情况下完成镜头的切换，不让剪辑点打断观众的注意力。

在一组动作或运动过程中，我们关注的是它何时发生、如何发生、何时结束，因此剪辑点通常设定在"运动过程中"与"运动结束后"。在运动过程中切换镜头是最常见的，因为角色位置改变加上运动的速度，使得观众来不及对画面内容的改变产生反应，镜头的切换可以在不知不觉中完成（图6-1）。

如果在运动结束后切换镜头，则是通过景别的变换来完成叙事。例如在第一个远景或全景镜头中角色完成了一个动作，到了第二个镜头则是以中景或近景来延续角色动作的最后姿态。要避免"跳切"的感觉，两个相邻镜头的景别要有较大的差异（图6-2）。

2. 是否符合位置、动作、视线的匹配

要使镜头衔接顺畅，除了设定合适的"动作剪辑点"，还要检查镜头画面中的位置、动作、视线是否匹配。

位置包括了角色的姿态、角色在画面中的位置、场景中物件的摆放位置；动作包括了角色的动作、角色的运动方向；视线则是两个（或以上）角色产生互动的视线关系、角色注意力指向的视线方向。

图6-1a 近景：害怕的表情，蹲下。

图6-1b 远景：延续上一镜头的动作，蹲下并开始往下走。

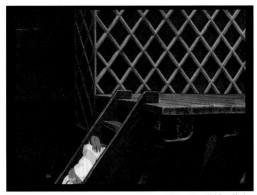

图6-1c 滑倒、静止。

图6-1d 中景：静止、脚往下伸。

图6-1e 往下看。

图6-1f 远景：主观镜头。

图6-1g 近景：脚往下伸。

图6-1h 特写：延续上一镜头的动作，脚往下伸。

图6-1i 木头断裂，滑倒。

图6-1j 出画。

图6-1d与图6-1g之间角色的运动方向和视线发生变化。方法：中间穿插"主观镜头"，转移观众注意力。

图6-1k 远景：入画。

图6-1l 继续往下滑。

图6-1m 远景：入画，继续往下滑。

图6-1n 继续往下滑。

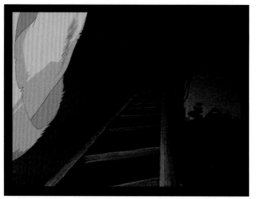

图6-1o 继续往下滑，出画。

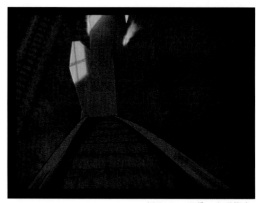

图6-1p 远景：主观镜头。

图6-1h与图6-1k之间
角色的运动方向和视线发生
变化。方法：在快速运动中
的镜头间转换方向，且图6-
1k镜头为身体局部，方向感
不明确，不易被察觉。

图6-1q 远景：入画。

图6-1r 撞在墙上，动作结束。

图6-2a 全景：两侧的小鸟滑向中间。

图6-2b 近景：画面左侧的小鸟抗议。

图6-2c 近景：大鸟往左看。

图6-2d 再往右看。

图6-2e 近景：画面右侧的小鸟抗议。

图6-2f 全景：大鸟得意地叫。

图6-2 鸟

在"运动结束后"切换镜头，其相邻的两个镜头景别的差异要大，以此避免"跳接"；如果相邻的镜头景别相同或相似，则画面的内容差异要大。

分切后的镜头其画面内容不能没有原因地任意变化，综合轴线、光影、色彩等视听因素的统一，才能达到连戏的效果。

3.动／静镜头之间的转换

除了通过以上两种手段来完成"连戏剪接"之外，要使镜头衔接达到流畅的效果，还要注意其"节奏"的分配。

镜头依照其内容的不同可以分为"动"、"静"两种，所谓"动"的镜头是指镜头画面中人物／交通工具／景物在移动，或摄影机在运动；"静"的镜头是指镜头画面中人物／交通工具／景物相对

静止、摄影机采取固定的方式拍摄。一般动画片多以动态镜头为主，大多数镜头都包含了复杂的运动——主体的运动、摄影机的运动或者两者同时存在，而静态镜头则多用于抒发特殊情绪或强调特殊信息。

镜头的动、静之间如何衔接，构成了段落间的节奏，更影响连戏的效果。"动接动"、"静接静"的组接方式保持了镜头中运动的连续性，在节奏上较顺畅、自然，观众的注意力较不会被剪辑所打断；而"动接静"、"静接动"的镜头组接方式则容易造成跳跃、震撼的感觉。

画面中的运动速度与方向经过多个镜头的累积后，形成了不同的急、缓效果：缓慢的节奏能够产生安静和悠闲的气氛，快速的节奏能够造成紧张和急迫的情绪，对两种节奏加以交错剪接，可以产生悬念和戏剧性。

第二节
蒙太奇

蒙太奇，来源于法语中建筑学的用语，是"装配、构成、升高或爬上"的意思。当电影创作者发现通过对镜头的截取、排列可以重组时空关系，甚至产生"一加一不等于二"的叙事含义时，"蒙太奇"的概念便诞生了。它也成为了电影独特的叙事方式。在20世纪20年代，经过几位苏联导演不断的研究探索，形成了"蒙太奇学派"，更将其原理发展至极致。

如同视听语言中其他元素的发展历程，蒙太奇的理论与应用也源于人类的生活经验与知觉方式，它利用人类善于联想的感知能力，将两个内容独立的镜头连接在一起，从而产生新的意义。

有一位著名的"库里肖夫实验"证明了观众会依据镜头彼此之间的关系来阅读每个镜头。库里肖夫拍摄了同一个演员的表情，并在这个镜头之后分别接一碗汤、一个小孩、一个棺材的影像，结果观众一致认为这个演员的演技非常好：他的表情接在一碗汤的镜头后表现得十分饥饿，接在一个小孩的镜头之后表现得非常欣喜，接在一个棺材的镜头后则显得哀伤。实际上，这个演员的表情是一模一样的——面无表情。

这个实验清楚说明了蒙太奇的作用：镜头本身可以是无意义、是中性的，内容与意义产生于镜头的组合与剪辑之后。

蒙太奇更极致的应用，是通过组接两个毫无关联的镜头来产生联想、暗喻的效果，观众会根据已知的线索来猜测镜头之间的关联与含义。例如在苏联早期的电影中，在一群工人的镜头后，接着一个猪圈的镜头，暗喻工人阶级所受到的对待和猪没什么差别。

如今，蒙太奇已经成为电影艺术的一种独特的语言方式及语法规则，甚至成为电影的代称，其定义也变得更加宽泛。但凡通过镜头的组接改变了真实的时间／空间关系，都被称为"蒙太奇"剪辑手法。

以下介绍常用的蒙太奇手法及其作用：

1.压缩时空关系

通过蒙太奇的剪辑手法，可以压缩情节中的时间与空间关系，使叙事更加简明扼要，增加段落的节奏感与戏剧张力。

在同一连续的时空中，只选取角色具有代表性的动作，删减其他繁琐的细节部分，观众仍然能从片段动作的特征中领会角色的行为与事件的发展。在同一时空中使用蒙太奇手法，通常是为了加快叙事节奏，这种镜头段落因为简明、轻快，有时也作为进入重大情节前的铺垫。（图6-3）

在衔接不同的时空时，选取其中具有共同特征或含义的动作片段，为的是在组接之后形成统一的气氛或情绪。这种蒙太奇段落通常具有鲜明的情绪倾向，它将角色在一段时间内的行为与情感压缩至几个镜头之内，让观众在最短的时间内体会角色的心境变化，也为接下来的情节发展做好心理准备。（图6-4）

如果在衔接不同的时空时，镜头时间短促并配合旁白说明，则叙事效果类似于新闻专题片，适合用于在短时间内讲述情节纲要（图6-5）；如果镜头之间使用"叠化"来表示时间与事件的渐变，则富有抒情的气氛。这种剪辑手法因为在好莱坞黄金时代的电影中被大量运用，因此也被称为"好莱坞蒙太奇"。

2.扩展时空关系

通过蒙太奇的剪辑手法不仅可以压缩时空，还可以切割时空关系，再重组并扩大。要如何达到扩展时空的目的呢？就是想办法重复表现同一时间内的动作或事件。

方法之一是以不同的摄影机角度、景别来表现同一时空内的动作或事件，以此将实际动作的时间

图6-3a　开橱柜门。

图6-3b　绑起头发。

图6-3c　绑上腰带。

图6-3d　拿起宝剑。

图6-3　花木兰

　　在同一连续的时空中，以数个具有代表性的动作，描述了花木兰决定替父从军前的准备工作。因为删减了繁琐的动作细节（整理头发、穿上盔甲等），使得段落的节奏变得明快，并强化了花木兰的决心。

图6-4a

图6-4b

图6-4c

图6-4d

图6-4　超人特工队

　　分别选取超人向不同家庭成员表现关爱的行为片段，通过蒙太奇的剪辑手法，表现出超人在有了奋斗目标后，整个家庭生活与自我状态的改变。

图 6—5a

图 6—5b

图 6—5c

图 6—5d

图 6—5e

图 6—5f

图 6—5 汽车总动员
　　模仿新闻专题片的
手法，利用快速剪接与
旁白的解说，将多个象
征成功的场景画面衔接
起来，在极短的时间内
完整描述了这个汽车的
梦想。

图 6—5g

图 6—5h

图6-6a 近景：马一跃而起（正常速度）。

图6-6b 远景：大仰角，马在空中的瞬间（慢速）。

图6-6c 近景：马在空中的瞬间，马的表情（慢速）。

图6-6d 近景：马在空中的瞬间，人的表情（慢速）。

图6-6e 全景：大仰角，马在空中的瞬间（慢速）。

图6-6f 近景：旁人的反应（慢速）。

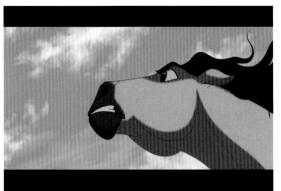

图6-6g 特写：马在空中的瞬间，马的表情（慢速）。

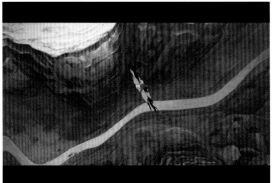

图6-6h 远景：大俯角，马在空中的瞬间（慢速）。

图6-6 小马王

从图6-6b到图6-6g，画面中描述的实际上是同一瞬间所发生的事，但分别以不同的摄影机角度、景别来重复呈现，并放慢速度使动作为几乎静止的状态，再加上旁人的反应镜头，通过各种视角来加强这个时刻、这个动作的重要性。

延长为银幕动作的时间。将动作分解之后，如果要更加强调其视觉效果，还可将分解了的动作放慢，使其更加清晰、缓慢、有戏剧性的呈现（图6-6）。

此种扩展时空的手段其目的是为了强调某一霎那所发生事件的重要性。好像我们在经历某种令人惊讶、害怕、兴奋的时刻时，会觉得时间仿佛凝固了，任何细节都会变得比平常清晰、难忘。这种扩展时空的蒙太奇手段就是模拟人类的此种心理历程。

当这种蒙太奇手法集中围绕着单一的主体人物、物件或场景，用多个镜头呈现其局部的外观，再将之组接在一起时，叙事重点就不是强调某一时间点所发生的事，而是以夸张的形式建立起其形象。例如在一个重要的角色出场时，分别用不同的摄影机位置、摄影机角度、景别来呈现某一人物的外形、行为或表情，再将这些镜头组接在一起，通过画面的累积，展示这一人物的外形特点、性格或情绪，既有细腻的量的累积，又建立了多层次的节奏感（图6-7）。

扩展时空的第二个方法是拼接同一时间的不同空间，将它们整合在一起。通过把同一时间里发生在不同空间里的事件，分别描绘出来，再

图6-7a

图6-7b

图6-7c

图6-7d

图6-7　小马王

图6-7c、图6-7d、图6-7f描述的是角色的同一个动作，通过不同景别的镜头，多次展示其外形特点和情绪，借由细腻的量的累积，加强了两个角色之间的情感表达。

图6-7e

图6-7f

把这些镜头衔接在一起，这样等于把时间停滞在某一时刻。这种蒙太奇手段弥补了真实生活中人们只能在同一时空下观察事物的缺憾，同时可以延长、凝固时间，达到渲染气氛或情绪的目的。(图6-8)

3.以交叉、平行的手法来叙事

通过平行、交叉的蒙太奇手法，可以在有限的银幕时间中表现时空不断变换的复杂情节。在影片中所呈现的故事，可以发生在一天，也可以在几个世纪间跳跃。蒙太奇是电影所具有的独特叙事方法，也是电影被称为"时间／空间的艺术"的原因。

交叉剪接，是指在任何两段剧情之间，有规律地来回切换。这种剪辑方法主要是为了增加叙事节奏的紧凑感，丰富叙事的形式。

图6-8a

图6-8b

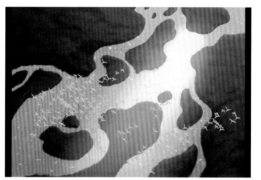

图6-8c

图6-8d

图6-8e

图6-8f

图6-8g

图6-8 狮子王

在小狮子王诞生之日，非洲大草原上的动物们纷纷赶来庆贺。在此片段使用蒙太奇手法扩展了时空关系，将同一时间里各种动物前往荣耀岩的情景并行排列在一起，不仅延长了到达前的期待气氛，并借此机会展现了大草原上的壮阔景观。到了图7-8g，各种动物聚集到荣耀岩时，影片恢复了常规的时空关系。

一般情况下，交叉剪接是按照真实时间的顺序来切换不同的场景的；如果切换的时间顺序是倒反的，在整个叙事结构中称为"倒叙"的手法；如果切换镜头的根据是角色主观的回忆，则称为"闪回"（图6-9）。

此外，如果与现实交叉剪接的镜头内容是具有象征、对比、幻想的含义，那镜头组接后可以用作暗示角色的心理变化，或表达导演主观的看法（图6-10）。

平行剪接是交叉剪接的一种，特指在一部影片的段落或整体结构上，有主、副两条情节线交织

图6-9a 角色讲述自己的过去，镜头往右移。

图6-9b 镜头停在窗户上，叠化出角色过去的景象。

图6-9c 开始讲述角色的回忆。

图6-10a

图6-10b

图6-9 玩具总动员2

图6-10 超人特工队

图6-10a 从现实场景叠化到超人脑中的幻想，随着摄影机的旋转运动，到了图6-10d再回到现实场景。通过这种交叉剪接的手法，表现了超人的心中思绪的转变，让超人看见旧制服的这个动作，具有更深刻的感情含义。

图6-10c

图6-10d

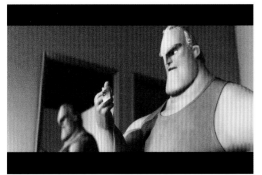

图 6-11a

图 6-11b

图 6-11c

图 6-11d

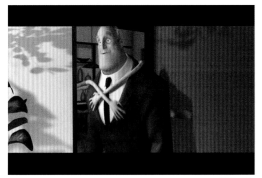

图 6-11e

图 6-11f

图 6-11 超人特工队

在这组镜头中穿插着三条剧情线，分别以重复式的剪辑方法表现同一场景、同一构图、同一动作细节，随着时间的推进角色心境的转变：首尾的镜头描述超人为了锻炼身体、达到理想的体重而努力。

图 6-11a 超人对自己的体重不满意。

图 6-11b、图 6-11d、图 6-11f 描述超人锻炼身体的过程。通过镜头的累积表现了随着时间的推进，超人的体能越来越强大。

图 6-11c、图 6-11e 描述超人与他的老婆的感情变化。这两个镜头可以看作是同一个时空的分切，也可以看作是不同时空的衔接，表现了超人的老婆对于超人的热情与日俱增。

图 6-11g 超人得到他想要的成果。

图 6-11g

而成，或是两条相互作用的叙事线，叙述的内容必须有其相应、对称之处。

平行剪接的方法是按照时间的顺序，把两条线（或以上）的叙事线交叉表现。将某一空间、某一种构图、角色的某一行为动作或某一细节的镜头，依据时间的顺序重复衔接在一起，让观众在这些穿插、反复出现的镜头中观察到角色或环境的变化。这样重复式的剪辑方法也因为时间的推进，而有着特别的戏剧张力（图 6-11）。

平行剪接具有更强烈的美学意义，通过这种剪辑手法不但可以加强叙事的节奏，还能造成一种强烈的对比、刺激、紧张感。平行剪接表现了两个（或以上）事件在同一时间、不同空间之下分别所发生的矛盾、冲突，当最后两个（或两个以上）的事件汇集到同一空间或分别进展到最激烈的时刻时结束。这种手法在警匪片、武侠片中被广泛应用，尤其在片尾段落，平行剪接已成为经典的"最后一分钟营救"叙事模式。

由许多"场"所组成的。

第三节
转场

一部影片最小的组成单位是"镜头"，一组同一场景的镜头则称为"场"，一部完整的影片就是

从一场戏变换到下一场戏，称为"转场"。"转场"意味着空间和时间较大幅度的改变，为了减缓视听内容改变给观众造成的突兀感，或是避免这种变化打断了观众的观影情绪，在进行剪辑工作的时候，通常会使用一些手段来让转场衔接得较为自然、流畅。

景物转场是最常见的转场方法。在两个场景之间插入一个以景物为主的镜头，以此展现不同

图 6-12a

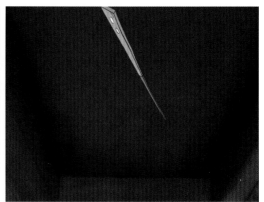

图 6-12b

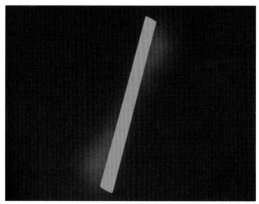

图 6-12c

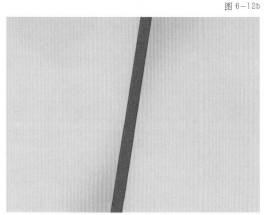

图 6-12d

图 6-12 花木兰 2
　　动作转场是借助人物、动物、交通工具等动作和姿态的相似性或连续性来转场。老婆婆的签和花木兰的木棍外形相似，在抛向天空的瞬间转换场景，既完成了情节上的衔接，也达到了视觉上流畅的效果。富有创意的转场手段可以带给观众新鲜感，使观众对于情节进展保持兴趣。

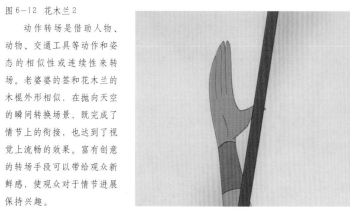

图 6-12e

图 6-12f

图6-13a

图6-13b

图6-13c

舒缓，作好迎接新情节的准备。

　　动作转场是借助人物、动物、交通工具等动作和姿态的相似性或连续性，借作转换场景的手段（图6-12）。例如上一场的最后一个镜头是角色把门关上，在下一场的第一个镜头则是角色将另一个门打开。

　　相似图案转场又称为"象形法"，也就是像中国古代的象形文字，以"形"表意，利用两个镜头间相似的图形、图案作为转场的视觉缓冲。例如，将汽车、火车的轮子飞转与飞机的螺旋桨相接来转换场景；把鱼卵的圆形轮廓与海面月亮的圆形倒影轮廓相叠化，抒情而流畅地完成转场（图6-13）。

　　声效转场是以配音、音效、音乐等听觉元素来衔接两个不同的场景。

　　配音包括对白和旁白，通过语言的内容提示来进行场景的转换，形成一种类似于"说故事"的叙事效果。而当两个场景的时间关系不是连续时，配音转场就起到了"过渡"的作用。

　　音效转场是借助两场戏开头、结尾相交之处音响效果的相同、相似，来使场景转换得较为顺畅。例如上一场的最后一个镜头中有汽车的喇叭声，衔接到下一场戏第一个镜头中船的鸣笛声。

　　音乐转场是利用剧中的音乐或是配乐来达到场景自然过渡的技巧，和使用配音来转场有异曲同工之处。音乐能够温和地转移观众的注意力，使观众忽略不同场景镜头之间分切的痕迹。

　　迪士尼公司的动画片将音乐转场的方式用到极致，从《白雪公主》开始就建立起歌舞叙事的传统。通过音乐与歌词的阐述，角色穿梭于不同的时空之间，经历不同的心路历程，而不会让观众产生

图6-13　海底总动员

　　相似图案转场是利用两个镜头间相似的图形、图案作为转场的视觉缓冲。把鱼卵的圆形轮廓与海面月亮的圆形倒影轮廓相叠化，抒情而流畅地完成转场。

图6-14　狮子王

　　迪士尼公司的动画片将音乐转场的方式用到极致。通过音乐与歌词的阐述，狮子王辛巴和他的伙伴们穿梭于不同的时空之间，辛巴在体形和心态上逐渐有了改变。

的地理环境和景物风貌，也可暗示时间和季节的变化。这种镜头又被称为"空镜头"。在表现时空背景的同时，这种不具有情绪作用的空镜头也可调节影片段落之间的节奏，并使观众的思绪得到

图6-14a

图6-14b

图6-14c

混乱感。(图6-14)

除了通过以上所提到的这些视听因素用来完成转场之外，还有一些常用的"特效"能使转场较为流畅，并具备特殊的抒情效果。

淡（Fade）：画面从黑色逐渐转换成影像，称为淡入（Fade in）；影像逐渐隐没成黑色画面则称为淡出（Fade out）。淡出会使段落间产生断裂感，表现了上一个情节的结束和下一个情节的开始。

图6-15a

图6-15b

图6-15c

图6-15 玩具总动员2
"溶"因为其温和、渐进的转换特点，也常作为现实场景与回忆、梦境、幻想之间的连接方法。

使用淡出、淡入时，除了黑色之外，白色也是较为常用的颜色。"淡"用于某一个情节的结束和另一个情节的开端，能使观众在视觉上得到舒缓，其作用如同戏剧分场间的闭幕或音乐乐章段落的更换。

另外，淡入、淡出也可以用于表现同一时空中的某个重要时刻，强调那一瞬间的深刻与永恒。

溶（Dissolve）：又称为"叠化"，其效果是两个不同的影像在衔接处一个淡出、一个淡入地互相融合，在溶的过程中，两个影像呈半透明度的状态。

"溶"比起"淡"的效果更为柔和，较没有时间断裂感，表现了自然的时间过渡，或用来加强前后两个主体的情感联系。"溶"因为其温和、渐进的转换特点，也常作为现实场景与回忆、梦境、幻想之间的连接方法。（图6-15）

划（Wipe）：又称为"叠印"，是通过一些特别的镜头图形变化来转换两个场景，常见的有划出、划入、帘出、帘入、圈出、圈入等。这种转场手法的效果非常明显，甚至夸张，会使观众瞬间对剧情产生"间离感"，也就是使观众"出戏"，因此在写实风格的影片中会避免使用这种转场技巧。

以上所述的镜头转换方式，适用于以任何形式制作的影视作品。而动画因为其夸张、幻想的艺术特点，甚至可以通过从头到尾"不间断"的镜头，描述出一个无限的空间，行云流水般完成场景之间的转换。（图6-16、图6-17）

许多优秀的动画片创造了充满想象力的镜头转换方式——它们大部分是艺术动画片。与实拍影片相比，这些转换方式更符合人的思考方式，也就是"随心所至"，像梦境一般任意行走于不同的时空之间（图6-18）。动画因为这种艺术本质上的特点，而使得它拥有更多叙事的可能性，这也是动画长久以来为各种年龄的观众所喜爱的原因之一。

另外一种动画片中常见的镜头转换方式，是凭借高超的绘画技巧与想象力，绘制出极夸张的透视效果，在景物或人物动作透视后的变形瞬间，转换场景，观众会因为注意力集中于画面中而觉得镜头转换十分顺畅。（图6-19）

图6-16 四季

　　本片有着极其特殊的叙事方式，但并不妨碍观众的理解。动画因为其夸张、幻想的艺术特点，观众可以轻易接受其中各种充满创意的场景转换、镜头衔接方法。本片从头到尾没有变换过镜头，各个方框中的内容不停地变换，彼此有着因果关系，以此讲述了多个场景、多个角色的故事。

图6-16 《四季》

图6-17a

图6-17b

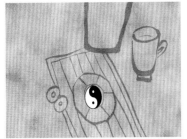

图6-17c

图6-17d

图6-17e

图6-17 花木兰2

　　动画可以通过从头到尾"不间断"的镜头，描述出一个无限的空间，行云流水般完成场景之间的转换。

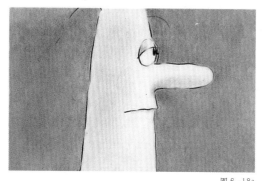
图6—18a

图6—18b

图6—18c

图6—18d

图6—18e

图6—18f

图6—18 求爱五百哩
　　本片中没有镜头的切换，变换场景是通过夸张的"拉"、"推"摄影机运动进行的。与实拍影片相比，这些转换方式更符合人的思考方式，也就是"随心所至"，使观者像做梦一般任意行走于不同的时空之间。

图6—18g

图6—18h

第四节
特殊速度表现

　　在影片当中采用加快、减慢、倒转或定格等方式来表现速度，是为了强调某个时刻、某个动作、某个表情的重要性，以此加强对于观众的视觉刺激（图6—20）。

　　速度加快会使正常的动作或表情显得更具戏剧性，常用于喜剧中来加强滑稽感，或用于表现时光飞逝的景物变迁。在动作场面中加入加速镜头，

图6-19a

图6-19b

图6-19c

图6-19d

图6-19e

图6-19 魔猫回家

本片的镜头转换是凭借高超的绘画技巧与想象力，绘制出极夸张的透视效果。在景物或人物动作透视后的变形瞬间转换场景，观众会因为注意力集中于画面中而觉得镜头转换十分顺畅。

倒转常用作重现某一事件发生的过程，或是重建某一个景象，以表达创作者或角色主观的怀旧情感，或制造特殊的喜剧效果。

定格是选定某一格镜头画面后将之延长。这种处理方法将瞬间的时间停滞，形成照片般的视觉效果，具有非常强烈的戏剧性与情绪渲染作用。

可以使动作的力度显得更大。

速度减慢则能强调某一时刻的动作细节。一个普通的动作经过减慢处理后，可产生舞蹈般的美感与韵律。减速也常用于表现某个重要的时刻或是紧急的瞬间，将时间暂时减缓，甚至停滞，让观众能够充分观察这种在现实里稍纵即逝的景象。

如果要最大程度地强调某一个动作的力度，可以在一个减速的镜头后加上一个加速的镜头，通过速度之间的反差加大动作的力度与视觉震撼效果。

倒转则是对镜头速度更加夸张的非现实处理方法。这种特殊速度的表现具有很鲜明的视觉风格，要根据影片的整体风格和剧情所需谨慎使用。

思考与练习

1.请利用DV拍摄，将一场实际剧情内容时间为一天的戏，剪辑成五分钟的戏。

2.请尝试将两个不同时空发生的事剪辑在一起。

3.请练习制作一支MTV，根据音乐的风格设计画面，再配合节奏将声音与画面剪辑在一起。

图6-20

图6-20 汽车总动员

速度减慢则能强调某一时刻的动作细节，用来表现某个重要的时刻或是紧急的瞬间，让观众能够充分观察这种在现实里稍纵即逝的景象。

》》》 术语表

视听语言　指由"视觉"与"听觉"两方面综合而成的一套"语言系统"，是对影片中画面、声音艺术表现形式的总称，运用它可以讲述一个完整的故事。除此以外，视听语言还具有表现象征、暗示的作用。其主要组成内容包括：1.镜头，2.镜头的拍摄，3.镜头的组接，4.声画关系。

景别　指被摄物在画面中呈现的范围，一般分为远景、全景、中景、近景、特写。不同的景别大小取决于摄影机与被摄物之间的距离，以及所使用的镜头焦距长短等因素。

摄影机角度　指摄影机拍摄主体时的倾斜度，一般分为鸟瞰、水平角度、俯角度、仰角度、倾斜。

摄影机运动　一般分为固定摄影与移动摄影，其中移动摄影又根据移动方式的不同而分为推、拉、摇、移、手持、升、降、旋转等。

推镜头　简称"推"，指摄影机沿光轴方向向前移动拍摄。

拉镜头　简称"拉"，和推镜头相反，指摄影机沿光轴方向向后移动拍摄。

摇镜头　也称"摇摄"、"摇拍"，简称"摇"，是指将摄影机放在三角架上，主轴不动，仅镜头水平、垂直转动。

移动镜头　简称"移"，指摄影机沿水平面作各方向移动所拍摄的画面。

手持摄影　在实拍电影中，因为硬件的技术发展而使携带摄影机变得可能，从而发展出这种"纪实性"的摄影美学。手持摄影特有的不稳定、易受环境影响等特性，时刻提醒着观众摄影师的存在，因而营造出一种身历其境的视觉效果。

升降镜头　指摄影机做上下运动拍摄的画面，其变化有垂直升降、弧形升降、斜向升降、不规则升降等。

旋转　指被摄主体或背景呈旋转效果的画面。

焦距　指当镜头对焦于无穷远处时，影片面至镜头光学中心的距离。焦距固定的镜头称为定焦镜头，主要镜头分为三种：短焦距镜头（又称为广角镜头）、标准镜头、长焦距镜头。具有多重焦距的镜头则称为变焦镜头。

轴线　在进行镜头设计时，我们沿着角色的视线方向或运动方向，勾勒出一条虚拟的线，选定线的一侧并只在这个范围内摆放摄影机，就能保持角色的视线方向、运动方向的一致性，构成画面空间的统一感。

关系轴线　也被称为180度线。在同一个场景中，有两个或两个以上的角色产生互动的话，他们之间就产生了一条假定的轴线。为了保证角色在画面空间中的位置与方向的统一，摄影机摆放的位置要遵循轴线规则，也就是只能放置在轴线一侧的180度之内。

运动轴线　以多个镜头表现被拍摄对象的运动时，根据他的运动方向以及空间位置，延伸出一条虚拟的运动轴线，来定出摄影机的几个位置。当这些不同拍摄角度的镜头彼此切换时，既保持了被摄物的运动方向的一致性，也增加了镜头的表现力。

越轴　为了丰富镜头语言、增加节奏的变化，而故意破坏轴线的规则，这种手段被称为"越轴"。除非是想故意造成视觉上的错觉或混乱感，不然使用"越轴"手段时仍然必须掌握几种技巧：包括利用角色或摄影机的移动来转移观众的注意力、在两个镜头之间插入无明确方向的镜头等。

场面调度　在动画片创作中，指的是导演对于画杠内事物的安排，主要原因通过角色调度与镜头调度两个部分来完成。

光影设计　动画片中的光影设计是根据情节内容，以生活中原有的光源为基础，再结合角色与场景的个别情况设计出的独特光线造型与气氛。光影设计的决定因素包括来源、方向、明暗、对比。在一部动画片中，光影的设计起到了暗示时间、塑造空间、渲染气氛、刻画角色等作用。

剪辑　剪接与编辑的总称。剪接是指把镜头组接在一起，编辑则包含了设计与构思。剪辑在制作流程中属于"后期"阶段，但在动画的制作流程中，剪辑的构思在前期分镜头设计时就已经确定。

连戏剪接　将角色动作、剧情进展依照时间的顺序连接起来的技巧。在进行连戏剪辑时，必须注意几项设计要点，包括如何在一个完整的动作中选择"动作剪辑点"、如何通过位置、动作、视线的匹配来达到连戏的效果、如何完成动 / 静镜头之间的转换等。

跳接　与"连戏剪接"相对，也就是刻意的将不连贯的动作组接起来、或是将内容、景别相似的镜头组接起来，造成一种视觉上的跳动感。"跳接"的强烈形式感会使观众一下子跳离出剧情，形成一种形式感、表现力，和情感上的疏离，在实验性较强的影片中较常使用。

蒙太奇　早期以苏联电影艺术家为首的电影美学流派，现在则成为电影的一种独特的语言方式及语法规则，其原理在于利用人类善于联想的感知能力，使独立的镜头在连接之后产生新的意义。

交叉剪接　指在任何两段剧情之间，有规律的来回切换。这种剪辑方法主要是为了增加叙事节奏的紧凑感，丰富叙事的形式。

平行剪接　交叉剪接的一种，特指在一部影片的段落或整体结构上，有主、副两条情节线交织而成，或是两条相互作用的叙事线，叙述的内容必须有其相应、对称之处。

转场　指的是"不同场景之间镜头的转换方法"。一部影片的最小组成单位是"镜头"，在同一个场景之内的镜头组称为"场"，场与场之间的转换则称为"转场"。因为在摄影机的移动方式与构图设计上不受硬件技术限制，因此富有创意与视觉震撼效果的转场方式成为动画片独特的艺术表现手段。

淡（Fade）　一种转场的方式。画面从黑色逐渐转换成影像，称为淡入（Fade in）；影像逐渐隐没成黑色画面则称为淡出（Fade out）。淡出会使段落间产生断裂感，表现了上一个情节的结束和下一个情节的开始。

溶（Dissolve）　一种转场的方式。又称为"叠化"，其效果是两个不同的影像在衔接处一个淡出、一个淡入的互相融合，在溶的过程的中间点，两个影像是相同半透明度的状态。

划（Wipe）又称为"叠印"，是通过一些特别的镜头图形变化来转换两个场景，常见的有划出、划入、帘出、帘入、圈出、圈入等。

特殊速度表现　通过改变人 / 物的正常速度，从而得到一种特殊的叙事目的、视觉效果或心理感受。

参考书目

《电影的元素》　　　　　　　　　李·R·波布克　　　　　　　　中国电影出版社　　　1994

《蒙太奇论》　　　　　　　　　　C·M爱森斯坦　　　　　　　　中国电影出版社　　　2001

《动画艺术辞典》　　　　　　　　孙立军主编　　　　　　　　　中国国际广播出版社　2003

《电影导演艺术教程》　　　　　　韩小磊　　　　　　　　　　　中国电影出版社　　　2004

《电影艺术辞典》　　　　　　　　许南明、富澜、崔君衍主编　　中国电影出版社　　　2005

《电影语言的语法》　　　　　　　丹尼艾尔·阿里洪　　　　　　中国电影出版社　　　2006

《电影语言》　　　　　　　　　　马赛尔·马尔丹　　　　　　　中国电影出版社　　　2006

《Animation — from script to screen》　Shamus Culhane ST.MARTIN'S GRIFFIN　　USA　　1990

《Shot By Shot》　　　　　　　　Steven D.Katz　　　　　　　　　　　　　　　USA　　1991

《Setting Up Your Shots》　　　　Jeremy Vineyard　　　　　　　　　　　　　　USA　　1999

《On Film Making》　　　　　　　Alexander Mackendrick　　　　　　　　　　　USA　　2004

后 记

《21世纪高等院校美术专业新大纲教材》蕴含着新时代的气息，凝聚着各地高等院校美术教育和艺术设计专业的诸多专家、学者和骨干教师的心血，代表着现代艺术教育领域优秀的教研成果，如今，本套教材在各方面与安徽美术出版社的共同努力下，终于面世了。它不仅填补了我省高等院校美术专业教材的空白，而且将对促进现代高等院校艺术素质教育有着深远的意义。

全套教材根据教育部新近颁布的高等院校艺术教育专业新大纲的要求，针对当今教学工作的实际需要，本着三个基本原则编写：

一、强调基础教育。造型艺术的丰富性和复杂性，决定了它对基础知识和技能的要求十分严格，它需要科学而系统的学习与训练。学生不仅掌握造型艺术的基本方法与技巧，而且更重要的是掌握必要的视觉形式规律。

二、注重美术素养。无论美术教育还是艺术设计专业，我们培养出的学生不仅要有较好的基础知识，而且要有良好的美术素养、敏锐的视觉意识和高品位的审美情趣。

三、引导开拓创新。为促使学生的思维从低级迈向高级，由必然王国进入自由王国的境界，本套教材不仅注重了专业基础知识的教育，而且注重了现代教学理念的融会，尤其注重"视觉思维方式"的引导。它将使学生更加积极地面对今后的探索，对于启发创新具有十分重要的意义。

承传与创新是艺术探索和教育的永恒课题，从这种意义上说，本套教材需要不断吸收最新科研和教学成果，以求更加完善。我们相信，在教育行政管理部门的大力支持下，在高等院校的专家、学者和骨干教师的共同努力下，《21世纪高等院校美术专业新大纲教材》当会与时俱进，更加成熟。

《21世纪高等院校美术专业新大纲教材》得到了全国各地高等院校美术教育和艺术设计的院、系的大力支持。在编写过程中，所有参加编写的专家、学者和骨干教师均表现出对教材精益求精和无私奉献的精神，尤其是每一本书的主编和副主编在统稿时表现出的高度责任感，让人感佩不已。安徽美术出版社的编校人员和印制人员为确保书稿的质量与进度亦付出了极大的努力。整套教材的确是集体智慧的结晶。在此，我们向在各方面给予支持、帮助的领导、专家和朋友们致以深深的谢意。

策划人

2006年12月